文字禪堂

—— 傳遞人間福報 ——

妙熙法師 著

《人間福報》報辦宗旨

序

推薦序

921 震出來一份《人間福報》

1999 年台灣發生百年罕見的九二一大地震，師父星雲大師決定創辦一份佛教的報紙，公正如實地報導台灣這塊土地每日發生的事情，導正媒體煽動、八卦的生態。2000 年 4 月 1 日，《人間福報》正式發行，圓滿師父 24 歲的青春歲月所立下的心願。選在 4 月 1 日愚人節創報，是一種意外的因緣巧合，旨在提醒弟子們要以愚公移山的傻勁來辦報。除了聘請專職的編輯、發行、印刷等工作人員之外，師父親自帶領他的書記二室出家徒眾，從不諳報紙為何物的媒體素人，成為專業的報人。時光悠忽流逝，福報邁向 25 個年頭，當初受到師父培訓留下來的每個人，今日都已能獨當一面，撐起福報的一頁人間關懷，妙熙法師就是其中

的一位佛門才俊。

　　妙熙法師花蓮人，3 歲皈依佛教，在寺院度過懵懂叛逆的童年，讀花蓮女中高三時，恰巧星雲大師至花蓮佛學講座，提及影響他一生的十句至理名言，其中的「不要做佛教的焦芽敗種」，坐在眾中的妙熙法師如受到電光石火的撞擊，從此成為他矢志不變的初心，要效法大師做一顆好的菩提種。18 歲，一日偶至素食餐廳，看到六祖慧能的偈頌：「何其自性本自清淨，何其自性本不生滅，何其自性能生萬法。」萌發「為求佛法登淨域」的心念，就讀於佛光山叢林學院，翌年出家，4 年後畢業，被派至南華大學佛研所就讀，打下紮實的佛學基礎。

　　2003 年 4 月 1 日，調派至福報為編輯、總編輯，2018 年升任為社長，至今日的 2025 年，22 年之間，堅守以文字弘法，把創辦人星雲大師的理念「福報滿人間」帶入每個家庭，散布各個校園、監獄。他在守成中更不忘順應潮流，把福報數位化、AI 化，使福報走向國際普羅大眾的生活，目前已經有 8 個國家、17

個媒體刊載福報的內容。妙熙法師本人更於 2024 年榮膺台北市新聞記者公會理事長，是該會創會近 70 年來第一位出家人出任理事長，表示對《人間福報》「淨化人心」、「入世辦報」的肯定。

妙熙法師個性謙和無爭，處事冷靜有序，待人寬厚有量，富供養心、責任感、前瞻性。疫情期間他有條不紊地超前部署，安頓人心，福報的工作人員上下融和，共度難關，展現充沛的團隊精神。他曾發願終身奉獻福報，縱然鞠躬盡瘁、死而後已，也心甘情願。最近他更一手策畫，將星雲大師的《玉琳國師傳》拍成近百集的微短電視劇「世世動了心」，作為大師百歲誕辰的獻禮。

在繁重的報務行政工作中，他仍然不忘進修，就讀於南華大學宗教所，完成碩士論文《人間福報─建構人間佛教論述之研究》，完整呈現星雲大師創辦福報的理念，以及福報創立的歷程沿革、內容特色、組織運作、傳播影響、歷史定位，是了解佛教文化發展史上第一份報紙的重要文獻史料。近日福報文化股份有限公司

文字禪堂──傳遞人間福報

擬將此書出版,訂名為《文字禪堂─傳遞人間福報》。《人間福報》是因為地震因緣而震出來的報紙,希望它繼續發揮媒體振聾發聵的社會責任,本書付梓在即,樂見福報的日益茁壯,是為之序。

佛光山文化院院長 依空

推薦序

傳遞人間福報

　　星雲大師自幼即刻苦自學，親近文字，尤樂將其所思、所感，表諸文章，與人共享；雖富於寫作、採訪、編輯、刊印、出版、發行之經驗，卻無法了卻其創辦一份「人人能看，走進各個家庭，讓全家人可以一起閱讀的報紙」。

　　這份報紙有幾個特別的地方：一是獨特性：能以異於各報的表現法呈現其所缺少的內容。二是共有性：非官報、非黨報、非利益團體報，是為全民利益，是人人覺得是為自己發聲的報紙。三是動態性：是一份隨著社會發展，時勢變遷、科技進步、知識積累，而不斷更新的報紙。四是發展性：是一份在發行方式上、表現形式上、內容呈顯上、版面設計上、美學斟酌上，能與時俱進

的報紙。五是持久性：以各宗教所辦的報紙言，有者發行時間短暫、有者間隔日期發行、有者限制讀者只及於自己宗派、有者報導內容限於本身之宗派立場；皆非適合任何人樂讀的持續性報紙。

《人間福報》自2000年4月1日創刊發行以來，歷多位發行人、社長、編輯、工作同仁之當責與努力，各有增益與建樹。本書作者妙熙法師，22年前進入《人間福報》，歷行政、編輯、總編輯、社長等各項職務，為最資深之當責者。去年因其對華文報界之卓越貢獻，被推為台北市記者公會理事長、報業公會常務理事，非僅對星雲大師人文化成以濟世的理念，輝煌光大；對華人社會知識增進，思想啟迪，福祉圓滿，實多助力。

推究妙熙法師之所以能傳承星雲大師「度眾生至彼岸」的宏願，又能領導《人間福報》同仁開展至當今之新境，約有以下數因。

一、以身作則，力求上進，終身學習，不放任何可成長的機會。

二、《人間福報》雖為人間佛教所經營之報紙，但其工作之同

序

仁，不論其為專職、義工，概不問其宗教信仰，基督、天主、依斯蘭、民俗信仰，一視同仁，相處和睦。

三、員工不分性別、學經歷，同工同酬；不問職位高低，平等對待，是如兄弟姐妹般的和樂團體。

四、是有榮同光、有福同享、有難同當，無分工作部門、擔當職務，凡所用品、所享福利一律平等。

讀者諸君今日有幸得讀本書，他日能與人友善相處，互相提攜，工作順利，事業有成、生活順利、生命圓滿；必當感謝今日得讀本書。

人間福報總主筆　柴松林

文字禪堂──傳遞人間福報

自序

清流潤生

　　寒冬中，一縷陽光從窗台射下，讓人感到格外溫暖。飢寒交迫時，一碗熱粥，給予生存的能量。當絕望無助時，一句適時鼓勵，帶來無比的力量。

　　人生旅程中，《人間福報》便是那隱形智者，在人感到困頓迷茫時，總能帶來福至心靈的啟發。她溫柔婉約，又不失堅定信仰，如生命之泉的清流，潺潺流淌於人間。

　　《人間福報》於 2000 年創刊之初，創辦人星雲大師畢生推動人間佛教，期許這份報紙能走入每一個家庭，是一份人人都能閱讀的報紙，用佛法潤澤心靈。

　　我自 2003 年進入報社，從編輯做起，歷經主編、記者、編輯

序

主任、採訪主任、副總編輯、總編輯、總經理、社長，參與並見證《人間福報》締造了由佛教創辦歷時最長的艱辛道路。這在佛教史上，甚至報紙史上都是絕無僅有的特殊存在。

為記錄下《人間福報》慈悲使命與社會責任，以此題略談福報的內涵和發展歷程。本書分為四章：第一章從人間佛教的思想脈絡，談到人間佛教的傳播。第二章談《人間福報》創辦歷程，從星雲大師文字創作背景到報紙創辦背景，闡述星雲大師的辦報願心和報紙定位。第三章談《人間福報》的組織運作，分為組織文化、組織成員、新聞文本、消息來源四部分。第四章結論，總結以上分析。可以完整了解《人間福報》思想源流和底層邏輯，向人間傳遞幾項價值：

一、傳遞和平：國際局勢動盪，如俄烏戰爭、以色列與伊朗衝突、南北韓緊張關係、中美貿易大戰等，形勢險峻下，《人間福報》從不鼓吹偏激種族和族群意識，始終堅持傳遞和平可貴的信念。

二、傳遞道德：許多媒體過度追求點閱率、傳播率及利益關係，做出違背新聞倫理的報導，甚至製造假新聞，讓人種下錯誤或惡念種子。

有一則關於傳播的因果故事，張三、李四及王五分別往生了，來到陰曹地府接受審判。張三生前偷東西，閻羅王判他下第十五層地獄受苦；李四殺人，被判到第十八層地獄；王五是媒體人，被閻羅王判到第十九層地獄受罪。王五很不服氣地說：「我沒有偷東西，也沒有殺人，為什麼判得比他們重？」

閻羅王說：「因為你寫的報導，許多不真實，害人家破人亡，甚至讓人產生欲望、邪念，這些文章目前還在人世間流傳，惡業也會持續增長。偷東西及殺人只是一對一的傷害，不實報導不僅影響當事人及他的家庭，甚至禍害整個社會及下一代，所以要判得比較重啊！」藉由這則故事，讓人省思媒體人的因果。

三、傳遞覺醒：當然媒體也有良知媒體，會提出正能量或導正世人的價值觀，然僅限於知識層面。《人間福報》中刊載星雲大

師開示、經典研讀、學佛悟道等文章,以及許多在社會上行佛的報導,讓人覺醒生命,獲得解脫,這是《人間福報》最為特殊的出世法。

儘管在當前的媒體環境中,清流似乎並非主流,商業化、娛樂化、碎片化的內容更容易獲得更高的流量。然而,清流媒體守護著新聞行業的底線,維持著社會的良知。

這本書完成要感謝星雲大師創辦《人間福報》,讓我得以發揮所長,為人間服務。還要感謝佛光山文化院院長依空法師給予我的鼓勵,南華大學宗教學研究所所長覺明法師和南華大學傳播學系教授兼社會科學研究院院長張裕亮給予我在寫作上的指導與提攜。以及報社同仁長期以來給予我的協助,佛光山常住大眾的成就。最後,我以「將此深心奉塵剎,是則名為報佛恩」的心,將這本書回報滋養我成長的報社與讀者。

文字禪堂──傳遞人間福報

CONTENTS

第壹章
「人間佛教」概述

第一節 「人間佛教」思想脈絡　　19
第二節 「人間佛教」媒體傳播　　31

第貳章
《人間福報》創辦歷程

第一節 星雲大師文字創作背景　　51
　一、以「文字」作為創作的時代背景　　53
　二、以「文字」作為弘傳利器之創見　　62
第二節 《人間福報》創辦背景　　73
　一、辦報願心　　78
　二、報紙定位　　83

目錄

第參章 《人間福報》組織運作

第一節 組織文化	91
一、組織宗旨：以文化弘揚佛法	93
二、組織精神：集體創作、制度領導、非佛不作、唯法所依	98
三、組織性格：三好四給	100
四、組織目標：人間有福報、福報滿人間	103
第二節 組織成員	110
一、專業認知	110
二、專業能力	114
第三節 新聞文本	122
一、星雲大師文章 刊登細目	122
二、人間佛教版面主題類目	129
第四節 消息來源	196
一、數位轉型	196
二、採訪消息來源	207

第肆章 結論

第一節 人間福報專業的要求	223
第二節 弘揚人間佛教的大願	228
參考文獻	230

未來的佛光山走向人間是必然的趨勢，
佛教一定要走向人間化、生活化、現代化，
甚至國際化、科技化。
唯有讓佛教深入家庭、社會、人心，
才能與生活結合，成為人生需要的佛教，
如此，佛教才會有前途。

「人間佛教」概述

星雲大師畢生提倡人間佛教，他運用現代語言，應機說法、撰文編書、深入淺出，極富開創性格與膽識，領導佛光教團，在世界五大洲開創道場、事業，寫下台灣佛教史上 50 多個創意第一。中國大陸著名佛教學者陳兵教授認為，大師的許多創意實際上是中國佛教乃至世界佛教史上的第一，他更評論星雲大師在弘法願力、革新創意、經營才幹、輝煌業績及與時俱進的精神來看，堪稱佛教史上的「千年來一人」。[1] 星雲大師如何形成以人間佛教為中心思想的脈絡？如何闡述和實踐人間佛教？值得加以探討，以下將在第一、二節分別論述。

---

[1] 陳兵：〈正法重輝的曙光—星雲大師的人間佛教思想〉，《人間佛教學術研討會論文集》（2001 年 1 月），頁 49。

第壹章 「人間佛教」概述

第一節　「人間佛教」思想脈絡

星雲大師的人間佛教思想，源自近代佛教復興運動推動者太虛大師（1890-1947年）在民國初年提出「人生佛教」的構想，並以此為題講演和發表系列文章，主要是對明清佛教在封建專制下的弊端及衰敗，加上隱遁山林、超塵避世、非人間性之弊病的反省。佛光大學教授闞正宗整理中國佛教會之公函附錄，列出1949年前後的中國佛教，尤其是江浙一帶的佛教積弊。[2]

〈大陸淪陷前佛教之概況〉文中寫到：大叢林之廣大寺產「僅個人受用」或「非法行為者，亦不在少數」；傳承制度「良莠不齊」，「寺廟有宗派之名，無系統之實」；佛教教育因「私心之表現」而曇花一現；傳戒授徒「末流所趨，則以經懺為職業，化緣為資源，不復知佛法為何事」；教會組織「仰

---

[2] 闞正宗：《宜蘭弘法十年記—青年星雲的人間佛教之路》（高雄：佛光文化事業有限公司、財團法人佛光山人間佛教研究院，2018年），頁41。

地方機關之鼻息」，甚至會費亦無法收齊，故「雖有教會而無成就」。[3]

因而太虛大師於1913年提出「三種革命」，即「教理革命」、「教制革命」和「教產革命」，要從思想、制度和財產關係上對傳統佛教進行一場全方位的「革命」。1928年，太虛大師在「對於中國佛教革命僧的訓詞」[4]中，提到中國佛教革命重點是以三

---

[3] 中國佛教會：〈大陸淪陷前佛教之概況〉，《人生》第3卷第5期，（1951年6月），頁12。

[4] 太虛大師「對於中國佛教革命僧的訓詞」：甲、中國從前儒化的地位，今三民主義者若能提取中國民族五千年文化，及現世界科學文化的精華，建立三民主義的文化，則將取而代之；故佛教亦當依此，而連接以大乘十信位的菩薩行，而建設由人而菩薩而佛的人生佛教。乙、以大乘的人生佛教精神，整理原來的僧寺，而建設適應現時中國環境的佛教僧伽制。丙、宣傳大乘的人生佛教以吸收新的信佛民眾，及開化舊的信佛民眾，團結組織起來，而建設適應現時中國環境的佛教信眾制。丁、昌明大乘的人生佛教於中國的全民眾，使農工商學軍政教藝各群眾皆融洽於佛教的十善風化，養成中華國族為十善文化的國俗；擴充至全人世成為十善文化的人世。收錄在太虛大師：〈對於中國佛教革命僧的訓詞〉，《海潮音》卷9，4期。

民主義文化取代中國傳統儒學文化,而佛教應該以大乘十信位[5]的階梯來建設,由人而菩薩,由菩薩而佛的人生佛教,並提倡全中國士農工商,甚至全世界人類都要融入十善[6]的人生佛教中。

1934年,太虛大師在《海潮音》雜誌,特出「人間佛教號」,除了有大醒法師撰寫〈人間佛教號致辭〉外,共有人間佛教18篇文章,如:太虛、葦舫、談玄〈怎樣來建設人間佛教〉、藏貫

---

[5] 菩薩自初發菩提心,累積修行之功德,以至達於佛果,其間所歷經之各階位;通常以「位」或「心」稱之,如十信位(又稱十信心)、十迴向位(又稱十迴向心)等,均為菩薩階位之名稱。菩薩五十二階位中,最初十位應修之十種心;此十種心在信位,能助成信行。全稱十信心。《菩薩瓔珞本業經》舉十種,即:信心、念心、精進心、定心、慧心、戒心、迴向心、護法心、捨心、願心。星雲大師監修、慈怡法師主編:《佛光大辭典1、6》(高雄:佛光出版社,1988年),頁454上、5221下、5222上。

[6] 十善即十善業,指身口意三業中所行之十種善行為。不殺生、不偷盜、不邪淫、不妄語、不兩舌、不惡口、不綺語、不貪欲、不瞋恚、不愚癡。反之,殺生、偷盜、邪淫、妄語、兩舌、惡口、綺語、貪欲、瞋恚、愚癡則為十惡業。十善十惡之說,見於大、小乘諸多經典,《阿含經》謂行十善將生人天世界,行十惡則墮地獄、餓鬼、畜生三惡道。星雲大師監修、慈怡法師主編:《佛光大辭典1》(高雄:佛光出版社,1988年),頁468中。

禪〈佛教需救社會〉、法舫〈人間佛教史觀〉、張汝釗〈現代思潮與人間佛教〉、普培〈現代國際與人間佛教〉、大醒〈我們理想中之人間佛教的和樂國〉、蜀一〈人間佛教與社會主義〉、虞德元〈人間佛教的互助基礎〉、唯方〈從求他方淨土說到人間佛教〉、談玄〈禪宗的人間佛教〉、塵空〈律儀基礎上之人間佛教〉、默如〈人間佛教的面面觀〉、岫廬〈大乘積極精神的人間佛教〉、李慧空〈人間佛教之意義〉、李一超〈人間佛教之道德基礎〉、寧墨公〈人間佛教的一個習定方法〉、唯方〈人間佛教的運動者〉、隨緣〈孛──一個人間佛教實行家的故事〉。[7] 從篇名看出，當時有志僧青年紛紛引入現代思潮，從國際、社會、史觀到大乘、淨土、禪宗、律儀等角度論述，讓人間佛教思想開枝散葉。

　　1944 年，太虛大師也彙集他歷年講說人間佛教思想文章，編為《人生佛教》一書出版，讓人間佛教成為當時中國佛教界的一股新思潮。1946 年，太虛大師在上海玉佛寺創辦《覺群週報》，

---

[7] 民國佛教期刊文獻集成及補編資料庫，〈人間佛教號〉，《海潮音》（1934 年 1 月），頁 1-156。

暢述改革佛教的理想,並提出佛教未來發展的藍圖。這讓年僅20歲的星雲大師從雜誌中,對佛教改革有了初步認識。他提到:「每週我們都熱切的盼望著《覺群週報》出版,感覺到太虛大師到底是太虛大師,內容很進步、很革新,很有佛教的道風。」[8] 同年,太虛大師來到焦山舉辦「中國佛教會會務人員訓練班」,有600位學員參與,星雲大師是其中一員,課堂中令他印象深刻的是,太虛大師授課時說:「我們要為了佛教!我們要為了佛教!」之後,兩人在路上迎面而視,太虛大師還對他連聲說:「好!好!好!」這簡單的鼓勵,竟點燃星雲大師要為佛教努力的重要關鍵力量。[9]

1947年,太虛大師突然圓寂,世壽58歲,對星雲大師打擊甚大。他曾撰文追思,形容當時的心情猶如天崩地裂、失魂落魄、如喪考妣、好像佛教末法時代來臨,世界暗淡無光。那是因為他

---

[8] 星雲大師:《星雲大師全集・第六類傳記,星雲大師年譜1》(高雄:佛光出版社,2017年),頁97。
[9] 星雲大師:《星雲大師全集・第六類傳記,百年佛緣7僧信篇1》(高雄:佛光出版社,2017年),頁144。

想到未來中國佛教的道路，該將何去何從？[10] 隔年，1948 年大師與同學智勇法師共同治理華藏寺，他們將寺院做為推動新佛教的基地，[11] 並創辦《怒濤雜誌》，前後出刊 20 多期，以宣揚興教救國、佛教改革、人間佛教等理念。[12]

1949 年，星雲大師到台灣後，他撰寫評論文章，推動佛教新思潮，受到佛教同道指責，讓他動念想進入佛教會，以參與佛教改革運動做為努力方向，但中國佛教路線封閉保守，他的積極未獲認同；他也曾思考過南傳佛教路線，但因語言、習慣有很大不同，也不得其門而入；日本佛教雖鑽研佛學議論，很具成就，但戒律不嚴。最後，他決定朝太虛大師「人間佛教」的理念路線前進。[13]

---

[10] 星雲大師：《星雲大師全集・第五類文叢，合掌人生 2》（高雄：佛光出版社，2017 年），頁 179。

[11] 星雲大師：《星雲大師全集・第五類文叢，合掌人生 2》（高雄：佛光出版社，2017 年），頁 174。

[12] 星雲大師：《星雲大師全集・第六類傳記，星雲大師年譜 1》（高雄：佛光出版社，2017 年），頁 106。

[13] 星雲大師：《星雲大師全集・第六類傳記，貧僧有話要說 2》（高雄：佛光出版社，2017 年），頁 227。

第壹章 「人間佛教」概述

1967年初,星雲大師40歲,正在籌備5月16日佛光山開山,他在〈佛光山新春告白〉一文中指出:

> 未來的佛光山走向人間是必然的趨勢,佛教一定要走向人間化、生活化、現代化,甚至國際化、科技化。唯有讓佛教深入家庭、社會、人心,才能與生活結合,成為人生需要的佛教,如此,佛教才會有前途;佛教一定要與時代結合,要對國家社會有所貢獻,它才有存在的價值,否則一定會遭到社會的淘汰。[14]

星雲大師在開山之時,即想建設一個以人間佛教為思想中心的道場,並以人間佛教路線前進,開創佛教的希望與未來。隨著佛光山創立,僧眾信眾增加,逐漸肩負起傳道弘法責任,如何做好一位傳播人間佛教的佛光人,1981年星雲大師54歲時談到〈怎樣做個佛光人?〉:

---

[14] 星雲大師:《星雲大師全集・第九類佛光山系列,佛光山新春告白1》(高雄:佛光出版社,2017年),頁36-37。

> 佛光人要先度生後度死：假如弘法利生，就不是那麼簡單，你是一個人間佛教的推動者，你不但要博通經論，而且要有一般社會知識，甚至天文地理、政經常識、講說寫作、各種技能。[15]

星雲大師認為要做一位稱職的人間佛教弘法者，要先充實自己，具備博通經論的能力，甚至要知道人間社會的各種知識與技能，在人活著的時候就為他提供各種服務，而不只是等到人死後才為往者誦經。1989 年星雲大師 62 歲提出佛光山的道風，並給予擬人化的性格做為詮釋，勾勒出具體的佛光山人間佛教形象。

> 有人問佛光山的道風是什麼？佛光山是個提倡人間佛教、生活佛教的道場。
> 其性格是：人間的、大眾的、文化的、教育的、國際的、慈

---

[15] 星雲大師：《星雲大師講演集》（二）（高雄：佛光出版社，1982 年），頁 671-683。

濟的、菩薩的、融和的、喜悅的、包容的。因為佛光山的佛化事業,必定依其性格而發展的。[16]

1990年佛光山舉辦佛教青年學術會,主題定名「人間佛教」,星雲大師以「人間佛教基本思想」為題,在大會主題演說中提到:「佛陀出生在人間,修行在人間,成道在人間,度化眾生在人間,一切都以人為主。」[17]肯定佛教是以人為本,並依此思想,星雲大師進而提出,人間佛教有六個特點:人間性、生活性、利他性、喜樂性、時代性、普濟性。[18]明清佛教過度偏離人間,走向閉關、山林、個人以及自了漢,脫離時代,遠離人群,如今應該回到佛陀以人為本的本懷,因此這六點特性更強調人間性。

---

[16] 星雲大師:《星雲大師全集・第八類日記,星雲日記1》(高雄:佛光出版社,2017年),頁292-293。
[17] 星雲大師:《星雲大師講演集》(四)(高雄:佛光出版社,1991年),頁65。
[18] 星雲大師:《星雲大師講演集》(四)(高雄:佛光出版社,1991年),頁66-67。

星雲大師強調，他所提出的人間佛教，不是他個人的創見，或者新思潮，而是強調要將佛陀時代和現代佛教融和起來、統攝起來，因此提出人間佛教的基本思想有六點：五乘共法是人間佛教，五戒十善是人間佛教，四無量心是人間佛教，六度四攝是人間佛教，因緣果報是人間佛教，禪淨中道是人間佛教。[19] 所謂的五乘共法、五戒十善、四無量心、六度四攝、因緣果報、禪淨中道都是佛教根本義理，拿到現代都是很實用的佛法。星雲大師弟子滿義法師在歷經多年研究，整理出星雲大師模式的人間佛教，是大師行佛多年後，逐漸形成的一套自我思想體系，這套體系與佛陀一脈的思想傳承，演變過程從「人間佛陀」到「人間佛法」而至「人間佛教」[20]。

---

[19] 星雲大師：《星雲大師講演集》（四）（高雄：佛光出版社，1991年），頁 71-83。
[20] 星雲大師：《星雲大師全集・第十二類附錄，星雲模式的人間佛教2》（高雄：佛光出版社，2017年），頁 143-145。

星雲大師指出，所謂的「五乘共法」係指包括「人乘」、「天乘」、「聲聞乘」、「緣覺乘」、「菩薩乘」的五乘教法。所謂的「五戒十善」，五戒係指「不殺生」、「不偷盜」、「不邪淫」、「不妄語」、「不飲酒」，十善係指「不殺生」、「不偷盜」、「不邪淫」、「不妄語」、「不兩舌」、「不綺語」、「不惡口」、「不貪」、「不瞋」、「不邪見」。所謂的「四無量心」係指「慈無量心」、「悲無量心」、「喜無量心」、「捨無量心」的發心。「六度四攝」，六度係指六波羅蜜，包括「布施度」、「持戒度」、「忍辱度」、「精進度」、「禪定度」、「般若度」。四攝係指「布施」、「愛語」、「利行」、「同事」。

文字禪堂──傳遞人間福報

星雲大師於1949年渡海來台後,1953年應宜蘭李決和等居士之禮請,駐錫宜蘭雷音寺,展開各項弘法及寫作出版佛教書籍。

第二節 「人間佛教」媒體傳播

　　日本殖民時代最早的佛教刊物是在 1896 年 11 月，由曹洞宗僧侶佐佐木珍龍（1865-1934 年）在台灣組織「台灣佛教會」後發行的《教報》，為曹洞宗在台傳教的宣傳。1923 年 7 月由總督府所主導的《南瀛佛教》，屬官方機關報，是做為了解殖民時期台灣佛教的重要參考。[21] 日本佛教各宗派來台後，為宣教也創辦刊物，如臨濟宗的《眞如》、《眞佛教》，日蓮宗的《放光》，[22] 淨土宗的《信友》等[23]。

---

[21] 闞正宗：《佛教期刊發展研討會》，〈日本殖民時期臺灣的佛教期刊——羅妙吉與《亞光新報》兼林秋梧的左翼《赤道報》〉（2012 年 10 月），頁 2-1。

[22] 不著撰人：〈臺北宗教雜聞〉，《臺灣日日新報》（1906 年 3 月 1 日），2 版。

[23] 不著撰人：〈雜誌信友發刊〉，《臺灣日日新報》（1918 年 9 月 13 日），3 版。

與此同時，1920年元月太虛大師32歲，在大陸創辦《海潮音》雜誌，以月刊方式發行，從創刊開始，太虛大師就編輯第一卷，同時《海潮音》也成為他宣傳思想的一個重要平台。[24] 人間佛教思想也藉此傳播，受到廣大關注。之後陸續由法舫、福善、塵空、大醒法師編輯。

受到日本宗派開辦佛教刊物和大陸太虛大師的影響，台灣當時也創辦幾個佛教刊物：如：林德林的《中道》（1924年）、江善慧的《靈泉》（1926年）、林秋梧的《赤道報》（1930年），以及覺力和尚（1881-1933年）之弟子羅妙吉（1903-1930年）所創辦之《亞光月報》（後更名《亞光新報》，1927年）。其中最值得關注的是羅妙吉，他是苗栗法雲寺派新竹客家籍僧人，1925年畢業於太虛大師所創辦的武昌佛學院，受太虛大師改革佛教的理念影響，回台後也進行佛教改革，如巡迴演講、籌建佛

---

[24] 仁俊法師電子文庫：〈中國佛教史上最長的一份佛教刊物：《海潮音》〉。檢自 http://renjun.org/sound-of-the-sea-tide.html（引用日期：2024年6月22日）

教大學、籌設臺灣阿彌陀佛會、創辦宗教革新會,並於 1927 年創辦《亞光新報》等[25]。

《亞光新報》旨在宣傳人間佛教理念,從 1928 年 3 到 6 月報上刊載太虛大師的文章便可獲悉。1928 年 3 月太虛大師撰〈救世的佛教〉,4 月太虛大師撰〈人人自治與世界和平〉,5 月太虛大師撰〈佛教人乘正性論〉,6 月太虛大師撰〈對於中華佛教革命僧的訓詞〉,[26] 這幾篇文章對當時僧青年都深具時代影響力。羅妙吉 15 歲出家,19 歲受戒讀書,23 歲回台,25 歲創辦《亞光新報》,要力圖改革佛教之際,卻在 28 歲突然住生,所有的佛教事業不得不告終,甚為可惜。同一時代的台籍僧人林秋梧,是台南開元寺改革派僧人,他留學日本駒澤大學,受左派社會主

---

[25] 闞正宗:〈日本殖民時期臺灣的佛教期刊——羅妙吉與《亞光新報》兼論林秋梧的左翼《赤道報》〉,《佛教期刊發展研討會》(2012 年 10 月),頁 2-2。

[26] 《亞光新報》1928 年 3-6 月。闞正宗:〈日本殖民時期臺灣的佛教期刊——羅妙吉與《亞光新報》兼論林秋梧的左翼《赤道報》〉,《佛教期刊發展研討會》(2012 年 10 月),頁 2-11、2-12。

義影響，創辦《赤道報》，主要是社會改革運動，對佛教的改革並不多，也因此僅發行 6 號就遭禁。[27]

受太虛大師影響的學生之一慈航法師，一生追隨太虛大師，高舉「以佛心為己心，以師志為己志」，1930 年起弘法於緬甸，將人間佛教種子遍撒星馬各國。1946 年 2 月 28 日，慈航法師在星洲成立「中國佛學會」，4 月發行《中國佛學》月刊，創刊目的在弘傳太虛大師的人間佛教和佛教改革理念。[28] 1947 年元月，《中國佛學》更名《人間佛教》，後又更名《佛教人間》，在海外推展人間佛教理念。1948 年 3 月，慈航法師接到中壢圓光寺妙果法師聘書，邀請他來台主持中壢圓光寺「台灣佛學院」，他毅然放下耕耘近 20 年的南洋佛教事務，來台度過人生最後 6 年，於 1954 年圓寂。這 6 年致力推動人間佛教理念，可謂台灣

---

[27] 闞正宗：〈日本殖民時期臺灣的佛教期刊——羅妙吉與《亞光新報》兼論林秋梧的左翼《赤道報》〉，《佛教期刊發展研討會》（2012 年 10 月），頁 2-14。

[28] 闞正宗：〈人間佛教先行者——慈航法師的海外弘法（1930-1948），《玄奘佛學研究》（2019 年 9 月），頁 33-66。

推行人間佛教第一人。[29]

　　國民政府遷台初期，台灣報業除了原有的宗教辦報傳教，其他都是以公營和黨營報紙為主，直到1950年10月成立《徵信新聞》（《中國時報》前身）以及1951年成立《聯合報》，一般民營報紙才逐漸嶄露頭角。1988年報禁解除後，民間辦報如雨後春筍，宗教辦報同樣露出曙光。1989年2月16日洪啓嵩創辦日報《福報》，但因虧損500萬元，同年5月16日停刊。另一份《醒世報》於1990年8月15日創刊，同年9月28日停刊。這兩份都是基於佛教立場辦報，然因資金後援不足，都鎩羽而歸。[30]直到2000年，星雲大師創辦《人間福報》，強調是一份全家人閱讀的報紙，經營持續至今，成為目前台灣由佛教創辦的唯一一份綜合性日報。

---

[29] 闞正宗：〈人間佛教先行者——慈航法師的海外弘法（1930-1948），《玄奘佛學研究》（2019年9月），頁33-66。
[30] 沈孟湄：〈從宗教與媒體的互動檢視台灣宗教傳播之發展〉，《新聞學研究》117期（2013年10月），頁199。

文字禪堂──傳遞人間福報

2000年3月27日，星雲大師與《聯合報》發行人王效蘭（左圖中），以及《聯合報》系總管理處副總經理王文杉（左圖左），舉行印製合作簽約儀式。同年，4月1日《人間福報》創刊，由星雲大師，以及當時新聞局長趙怡（右圖左起）、曹仲植、國際佛光會中華總會總會長吳伯雄、《聯合報》董事長王必成、日月光張姚宏影女士等主持創刊儀式。

星雲大師除了以演說和文字不斷推廣人間佛教理念，他也運用各種社會化方法表達、闡述和發揚人間佛教。研究者整理出星雲大師以人間佛教為名的文章、書本、組織、研究中心等，全面性了解他如何推動人間佛教，如表2-1、2-2、2-3：

從表2-1、2-2、2-3得知，星雲大師推行人間佛教一以貫之，從1967年開山起，便開宗明義指出佛光山是人間佛教、生活佛教的道場，並且在論述人間佛教的思想從一場演講，到一篇文章，

文字禪堂──傳遞人間福報

表 2-1　星雲大師出版以人間佛教為名的文章、書籍、期刊

序號	出版年代	性質	名　稱
1	1979	文章	《星雲大師講演集》（一）「如何建設人間的佛教」[31]
2	1979	文章	《星雲大師講演集》（四）「人間佛教的基本思想」[32]
3	1998	書籍	《佛教叢書》第 10 冊「人間佛教」[33]
4	1999	文章	《佛光教科書》（11 冊） 〈第 11 課從佛光山認識人間佛教〉[34] 〈第 12 課人間佛教的經證〉[35] 〈第 15 課人間佛教的社會運動〉[36]
5	2006	書籍	《人間佛教系列》10 冊 [37]
6	2007	書籍	《人間佛教的戒定慧》1 冊 [38]
7	2008	書籍	《人間佛教論文集》2 冊 [39]
8	2008	書籍	《人間佛教語錄》上─〈禪門淨土篇〉[40]
9	2008	書籍	《人間佛教語錄》中─〈生活應用篇〉[41]
10	2008	書籍	《人間佛教語錄》下─〈宗門思想篇〉[42]
11	2008	書籍	《人間佛教當代問題座談會》3 冊 [43]
12	2008	書籍	《人間佛教書信選》2 冊 [44]
13	2008	書籍	《人間佛教序文選》4 冊 [45]
14	2012	書籍	《人間佛教何處尋》[46]
15	2012	書籍	《人間佛教法要》[47]
16	2013	書籍	《人間佛教的發展》[48]
17	2016	書籍	《人間佛教佛陀本懷》[49]
18	2016	期刊	《人間佛教學報藝文》期刊 [50]

資料來源：《星雲大師全集》

---

[31] 星雲大師：《星雲大師講演集》（一）（高雄：佛光出版社，1979 年），頁 237-257。

[32] 星雲大師：《星雲大師講演集》（四）（高雄：佛光出版社，1979 年）頁 63-84。

[33] 星雲大師：《佛教叢書之十》第 10 冊「人間佛教」（高雄：佛光出版社，1998 年）。

[34] 星雲大師：《佛光教科書，佛光學》（11）（高雄：佛光出版社，1999 年）頁 091-098。

[35] 星雲大師：《佛光教科書，佛光學》（11）（高雄：佛光出版社，1999 年）頁 107-126。

[36] 星雲大師：《佛光教科書，佛光學》（11）（高雄：佛光出版社，1999 年）頁 147-156。

[37] 星雲大師：《人間佛教叢書，人間佛教系列》10 冊（台北：香海文化，2006 年）。

[38] 星雲大師：《人間佛教叢書，人間佛教戒定慧》1 冊（台北：香海文化，2007 年）。

[39] 星雲大師：《人間佛教叢書，人間佛教論文集》2 冊（台北：香海文化，2008 年）。

[40] 星雲大師：《人間佛教叢書，人間佛教語錄》上（台北：香海文化，2008 年）。

[41] 星雲大師：《人間佛教叢書，人間佛教語錄》中（台北：香海文化，2008 年）。

[42] 星雲大師：《人間佛教叢書，人間佛教語錄》下（台北：香海文化，2008 年）。

[43] 星雲大師：《人間佛教叢書，人間佛教當代問題座談會》3 冊（台北：香海文化，2008 年）。

[44] 星雲大師：《人間佛教叢書，人間佛教書信選》2 冊（台北：香海文化，2008 年）。

[45] 星雲大師：《人間佛教叢書，人間佛教序文選》4 冊（台北：香海文化，2008 年）。

[46] 星雲大師：《人間佛教何處尋》（台北：天下遠見出版股份有限公司，2012 年）。

[47] 星雲大師：《人間佛教法要》（台北：國際佛光會世界總會，2012 年）。

[48] 星雲大師：《人間佛教的發展》（台北：佛光出版社，2013 年 8 月）。

[49] 星雲大師：《人間佛教佛陀本懷》（高雄：佛光出版社，2016 年）。

[50] 星雲大師：《人間佛教學報藝文》期刊（高雄：佛光山人間佛教研究院，2016 年）。

表 2-2　星雲大師創辦以人間、人間佛教為名的組織

序號	年代	組織
1	1998/1/1	「佛光衛視」，2002 年更名「人間衛視」
2	1998	人間文教基金會
3	2000/4/1	《人間福報》
4	2002/1/1	人間佛教讀書會
5	2003	人間大學
6	2012	人間通訊社
7	2015/2/17	人間佛教聯合總會

資料來源：佛光山全球資訊網 [51]

表 2-3　以人間佛教為名的研究中心

序號	成立年代	研究中心
1	2005	香港中文大學人間佛教研究中心
2	2012	佛光山人間佛教研究院
3	2013	佛光山佛光大學人間佛教研究中心
4	2014	佛光山南華大學人間佛教研究中心
5	2014	澳洲佛光山南天大學人間佛教中心
6	2018	美國佛光山西來大學人間佛教研究院
7	2019	馬來亞大學人間佛教研究中心
8	2021	香港恒生大學人間佛教研究中心
9	2022	上海大學佛教思想史暨人間佛教學研究院
10	2022	菲律賓佛光山光明大學人間佛教研究中心

資料來源：佛光山全球資訊網、《人間福報》

---

[51] 佛光山全球資訊網：〈文化藝術〉。檢自 https://www.fgs.org.tw/career/career_culture.aspx（引用日期：2024 年 6 月 22 日）

第壹章 「人間佛教」概述

之後在出版《人間佛教佛陀本懷》中，將人間佛教思想體系完備，甚至體現在佛教事業體的名稱上，如《人間衛視》、《人間福報》等。為讓人間佛教學術化，香港中文大學於2005年4月與佛光山合作成立「人間佛教研究中心」，此後開啟高等學府紛紛設立人間佛教研究中心，目前已有香港、台灣、上海、馬來西亞、菲律賓、澳洲、美國等10所大學在校內成立，意義非凡。

由星雲大師發展出來的人間佛教有什麼樣的特點：

（一）**以佛為宗，回歸佛陀本懷：**星雲大師受到太虛大師人間佛教的啟蒙，但始終強調人間佛教並非新創，也不是一時方便而說，而是佛陀教法的本懷。星雲大師在尋找佛教的方向時，也曾感到疑惑，同樣是佛教又分有原始佛教、部派佛教、南傳佛教、北傳佛教、藏傳佛教等，中國古代也有八宗派別，現代有太虛大師提倡所謂的人間佛教。儘管名稱不同，時空不同，所信奉的教主都是釋迦牟尼佛。在弘法過程中，星雲大師也逐步體認到，佛教應該回歸以人為主；「人性為佛性，以佛性為人性，所謂佛是人成、人是未來的諸佛，人和佛應該是不一不二的人間佛教」，並主張「人間佛教」可以統攝二千多年來，因時間、地理和心理上複雜

的佛教,都歸於自己、歸於人、歸於佛。[52]

　　星雲大師引《阿含經》:「諸佛、世尊皆出人間,非由天而得也。」《六祖壇經》:「佛法在世間,不離世間覺;離世求菩提,猶如覓兔角。」說明釋迦牟尼佛出生在人間,修行在人間,成道在人間,度化眾生在人間,一切都以人間為主。因此釋迦牟尼佛所說的教法就是人間佛教的基本思想。大師指出,五乘共法是人間的佛教、五戒十善是人間的佛教、四無量心是人間的佛教、六度四攝是人間的佛教、因緣果報是人間的佛教、禪淨中道是人間的佛教[53]。以上都是原始佛教中佛陀重要說法。星雲大師引《雜阿含經》:「自依止,法依止,莫異依止。」肯定自我,顯露佛性,要人人承認「我是佛」,讓人間佛教回歸到自性的信仰。

---

[52] 星雲大師:《星雲大師全集,第二類人間佛教論叢,人間佛教佛陀本懷》(高雄:佛光出版社,2017 年),頁 385-386。
[53] 星雲大師:《星雲大師全集,第三類教科書,佛教叢書 27,人間佛教 1》(高雄:佛光出版社,2017 年),頁 188-200。

（二）**以人為本，重視服務事業**：傳統佛教沒有企業概念，寺院經濟如百丈懷海禪師主張的「一日不做，一日不食」，黃檗希運禪師之開田、採茶，臨濟義玄禪師的栽松鋤地等農耕、作務，或者經懺、香火等收入。星雲大師主張應積極入世行大乘道，著重在弘法利生的工作事業中修持。強調從此岸度到彼岸，達到波羅蜜多的法門，就是「以出世的精神，做入世的事業」。[54]

星雲大師創建的佛教事業與一般社會事業以金錢為導向不同，就是「非佛不作」，這是自佛光山開山以來的規矩；無論是興學、辦報、設電視台等，都是為了提供各種服務，以佛教為中心，宣揚佛法，濟世利人。[55]

---

[54] 星雲大師：《星雲大師全集・第一類經義，成就的秘訣金剛經》（高雄：佛光出版社，2017年），頁32。
[55] 星雲大師：《星雲大師全集・第一類經義，佛法真義3》（高雄：佛光出版社，2017年），頁309。

文字禪堂──傳遞人間福報

佛光山自開山以來，秉持「文化弘揚佛法」之理念，透過編印藏經、出版各類圖書、發行報紙雜誌、提供書畫、影音出版品等，肩負起為大眾傳播法音的責任。

為此,星雲大師主張事業重於廟堂,要興辦各種佛教事業,發揮佛教對社會人間的教化功能,擔當起福利社會的責任。他曾藉慈航法師所說:「宗教生存的三大命脈為教育、文化、慈善。」說明一座寺院蓋得富麗堂皇,只是虛有其表,必須要有教育、文化、慈善等事業作為內涵。[56] 大師創建佛教事業都朝此三方面,在教育方面,有培養僧伽教育的佛教學院,培養信眾的人間大學,社會教育有幼兒園、均一中小學、普門高中,以及南華、佛光、南天、西來、光明等5所大學;文化方面有編藏處、出版社、報紙、電視台等;在慈善方面,則設立育幼院、養老院、佛光診所等福祉設施。[57] 希望藉由這些事業讓佛教深入人心、家庭和社會,與生活結合,為人服務,成為人需要的、淨化的、善美的人間佛教,這樣佛教才有希望、才有未來。

---

[56] 星雲大師:《星雲大師全集・第四類講演集,講演集10,人間與實踐》(高雄:佛光出版社,2017年),頁44-45。

[57] 星雲大師:《星雲大師全集・第四類講演集,講演集10,人間與實踐》(高雄:佛光出版社,2017年),頁45-46。

（三）**以心為用，創建人間淨土**：星雲大師的心願是建立人間淨土，在佛光會員信條中，希望所有佛光人都能發願普度眾生，人間淨土，佛國現前。他經常引《維摩經》：「隨其心淨，則國土淨。」世界善惡、好壞，都是隨著每個人的心而變動。[58] 唯心淨土在人間，只要內心淨化，當下就是佛國，內心充滿邪惡，當下也是地獄，天堂地獄就在人間。為建設人間淨土，星雲大師以身作則，形塑出人間佛教的性格，讓佛教義理更加具體，讓人容易學習。人間佛教的性格與心境，可以從他所制定的工作信條和理念中了解。

佛光人的工作信條：給人信心、給人歡喜、給人希望、給人方便。佛光人的理念：光榮歸於佛陀、成就歸於大眾、利益歸於常住、功德歸於檀那。佛光會員四句偈：慈悲喜捨遍法界，惜福結緣利人天，禪淨戒行平等忍，慚愧感恩大願心。[59] 在修行方面，

---

[58] 星雲大師：《星雲大師全集・第一類經義，談淨土法門》（高雄：佛光出版社，2017 年），頁 82。

[59] 星雲大師：《佛光教科書第 11 佛光學，第 14 課佛光人信條》（高雄：佛光出版社，1999 年），頁 139。

他提倡三好：做好事、說好話、存好心，以積極入世法門來淨化身口意的汙濁，在生活中散播慈悲、傳遞喜悅、服務人群。[60] 一反傳統佛教過於強調「苦」，對世間感到悲觀的刻板印象，星雲大師指出「歡喜是佛教真理的本質，歡喜是佛法修行的精髓。」[61] 這種歡喜是不染世間汙染欲樂之喜，而是以法為樂的快樂。

傳統佛教注重談玄說妙，求佛、拜佛、念佛、學佛，星雲大師更強調「行佛」，服務與實踐最重要。所謂「行佛，就是依照佛陀的教法去實踐奉行，在行住坐臥中，覺照現前所行是否清淨，把佛心開發出來。」[62] 為建設人間淨土，他更發願生生世世來人間做和尚。雖然，星雲大師受到太虛大師啟發，景仰尊崇太虛大師，但非親出門下，僅見過 2 次面。可說太虛大師只完成人間佛教理論建構的骨架，而星雲大師才是真正讓人間佛教豐滿的實踐者。

---

[60] 星雲大師：《星雲大師全集・第一類經義，佛法真義 1》（高雄：佛光出版社，2017 年），頁 253。

[61] 星雲大師：《星雲大師全集・第三類教科書，佛光教科書 11，佛光學》（高雄：佛光出版社，2017 年），頁 7-8。

[62] 星雲大師：《星雲大師全集・第一類經義，佛法真義 2》（高雄：佛光出版社，2017 年），頁 11。

第貳章

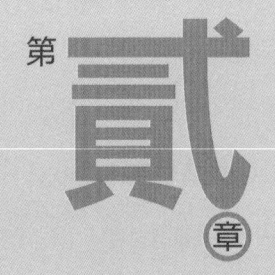

辦報是我半世紀以來的心願，
早期由於因緣不具足，
所以遲到現在才開始著手。
《人間福報》的定位是以人間性、慈悲愛為出發點，
以知識性、可傳說、奇妙的、文化的為主。

《人間福報》創辦歷程

文字禪堂──傳遞人間福報

星雲大師出生江蘇揚州,並在宜興大覺寺出家,圖為宜興雲湖風光。

第貳章 《人間福報》創辦歷程

第一節 星雲大師文字創作背景

《人間福報》創辦人星雲大師出生於民國16年（1927年）農曆7月22日，歷經北伐統一、對日抗戰、國共戰爭、渡海來台、兩岸對峙、關係解凍、交流頻繁、政黨輪替等，於民國112年（2023年）農曆1月15日圓寂，走過97年大時代，從孑然一身的僧青年，弘揚佛法到全世界，一生提倡人間佛教，重視文化、教育，並創辦《人間福報》成為宣揚人間佛教主要管道，可說至關重要。

星雲大師會創辦報紙，有幾個重要因素，其中一點是和選擇的弘法路線有關，2014年他接受揚州廣播電視台專訪，談到對文化和教育的重視：

> 我生性對文化和教育重視。我從讀書的時候，自己一個人就在編雜誌了，編給自己看的，叫做「我的園地」。後來，還沒有出佛學院，我就為報紙做編輯、寫文章。到了台灣，我

比不上別的和尚，他們會念經、會唱誦、會法務⋯⋯我就走寫作的路線，走教育的路線。[63]

另一重要因素，則與星雲大師一生熱愛文字有關，他曾多次提到文字編輯工作是會讓人上癮，更樂在其中。曾有記者問，為什麼熱愛文字編輯，終身不輟？他說到：

因為文字是生生不息的循環，是弘法的資糧，人不在，文字還在。一個人因為一句話而受用，這輩子，乃至下輩子，都會對佛教有好感。透過文字媒介，不只是這個時代，不只這個區域的人，都可以接觸到佛陀偉大的思想，幾千、幾萬年以後，此星球、他星球的眾生，也可以從文字般若中體會實相般若的妙義。

---

[63] 星雲大師：《星雲大師全集・第四類講演集，隨堂開示錄18》（高雄：佛光出版社，2017年），頁224-225。

第貳章 《人間福報》創辦歷程

一、以「文字」作為創作的時代背景

星雲大師 12 歲（1938 年）隨母親尋找失蹤父親途中，遇見時任棲霞山監院、後任住持的志開上人，一諾千金披剃出家。1939 年後赴南京棲霞律學院就讀，6 年後，1944 年到常州天寧佛學院短暫任職行單行堂，隔年 1945 年考進江蘇省鎮江焦山佛學院，此時，長達 8 年的中日戰爭終於結束，正逢西方新思潮文化輸入中國，相對傳統佛教寺院資訊封閉，佛學院更不許學生看報紙，讓正在學習又關懷社會的青年僧更加渴望外界資訊。於是，大師大量吸收學習，並進行文字創作。星雲大師童年家貧，對於學習格外珍惜，白天忙於寺裡作務，晚上就到圖書館利用時間閱讀，進行文字創作，這是奠定他日後以文字弘揚佛法的重要階段。

這時期星雲大師受到師長啟發思想，如芝峰法師、大醒法師、圓湛法師、介如學長、普蓮學長。在家居士教授也為數不少，如北京大學國文系的薛劍園教授，其他還有教導數學、外文、生物學等的多位老師。除了佛學外，更多世間學問讓從小在寺院成長

的星雲大師心開意解,思想大開。也在此時,他開始向鎮江各大報紙副刊投稿。[64] 投稿內容豐富,體裁也很多元,如小詩、散文等,不但皆被錄取,後來竟然還受邀擔任副刊編輯,[65] 讓年僅19歲的星雲大師負責《新江蘇報》「新思潮」副刊編務,[66] 22歲(1948年)國勢萎靡,佛教衰頹,他和學長智勇法師一起興辦《怒濤月刊》,旨在宣揚興教救國之道,希望更多年輕一代投身佛教,改革陋習,使佛教走向新境界。[67] 同年,江蘇省《徐州日報》也邀請星雲大師主編「霞光」副刊,很可惜的是僅編了一期,就爆

---

[64] 星雲大師:《星雲大師全集・第六類傳記,星雲大師年譜1》(高雄:佛光出版社,2017年),頁93-94。

[65] 星雲大師:《星雲大師全集・第六類傳記,星雲大師年譜1》(高雄:佛光出版社,2017年),頁93-94。

[66] 星雲大師:《星雲大師全集・第六類傳記,星雲大師年譜1》(高雄:佛光出版社,2017年),頁93-94。

[67] 星雲大師:《星雲大師全集・第六類傳記,雲水日月2》(高雄:佛光出版社,2017年),頁208-209。

第貳章 《人間福報》 創辦歷程

發「徐蚌會戰」,[68] 因此畫下句點。

民國 38 年（1949 年），國共戰事急轉直下，星雲大師隨僧侶救護隊來到台灣，僅有的包袱也在兵荒馬亂中遺失，他四處奔走尋找棲身之處，憑藉僧侶救護隊關係，他與台南的訓練司令孫立人將軍聯繫，和 40 名僧侶參與軍事訓練。離開了旭町營房，星雲大師四處投靠，先後去過台中寶覺寺、台北成子寮觀音山、十普寺、善導寺、基隆月眉山，直到被中壢圓光寺妙果老和尚收留長達 2 年，期間做過各種苦行，工作之餘，若得些許單襯就購買紙筆，讀書寫作。這期間他曾到苗栗法雲寺看守山林三個多月，趴在草地上開始寫《無聲息的歌唱》，這本書是他在台灣的第一本著作。

---

[68] 「徐蚌會戰」為國共戰爭三大戰役之一，戰場範圍甚廣，北起山東臨城、南迄淮河、東起連雲港、西至河南商邱，涵蓋山東、江蘇、河南、安徽四省。會戰時間從民國 37 年（1948 年）11 月 6 日至民國 38 年（1949）1 月 10 日，歷時 66 天。此役國軍戰敗，國共局勢可謂大逆轉，也種下國軍戰爭失敗的命運。國家發展委員會檔案管理局，檔案支援教學網：〈徐蚌會戰〉。檢自 https://art.archives.gov.tw/Theme.aspx?MenuID=22（引用日期：2024 年 6 月 22 日）

之後，陸續為各報章雜誌等撰稿，可說是創作不斷。離開圓光寺之後，初期他為中廣公司撰寫廣播稿，又在《自由青年》、《勘戰日報》、《覺生月刊》等多處報章雜誌發表文章，一度被譽為「佛教文藝明星」。曾有人遊說他還俗，當個褒貶時局的無冕王，但終究這些都不是振興佛教的事業，被他委婉拒絕。[69]

民國40年（1951年）應《人生雜誌》創辦人東初法師之邀，義務擔任雜誌主編6年。民國41年（1952年）中國佛教會召開改選理監事會議，會中星雲大師遇到李決和居士，在他請求下隔年便前往宜蘭雷音寺弘法。星雲大師先以講經佈教，在熟悉當地風土民情後，成立念佛會共修，繁忙工作之餘，他對文化仍情有獨鍾。民國46年（1957年）台北建康書局張少齊、張若虛父子要辦一份弘揚佛教的刊物，並以報紙型式發行，預計每10天一期，叫做「旬報」，但當時政府規定每周出刊的，可以叫「周報」，但10天一期的還是名為刊物，星雲大師建議可訂名「旬

---

[69] 星雲大師：《星雲大師全集・第六類傳記，雲水日月1》（高雄：佛光出版社，2017年），頁118。

刊」,並在同年 4 月 1 日創刊,定名《覺世旬刊》,是一份四開的報紙型刊物,由大師擔任總編輯。

星雲大師除文藝創作外,更常藉由文章表達意見,引發社會公論,讓社會大眾重視關心,這與他勇於維持正義的性格有關。早年辦的《怒濤》雜誌,主在評論佛教過於保守的傳統沉痾,如第一期有兩篇文章〈鎮江長老三鄉愿的行事〉、〈向東大砲開槍〉即是[70]。之後陸續發表評論在《覺群》、《覺生》、《人生》、《菩提樹》、《今日佛教》、《覺世旬刊》等佛教雜誌中,這些文章都收錄在《雲水樓拾語》[71]一書。

星雲大師年輕時「自覺有公平、公正的性格,對於佛教裡的是非,偶爾還在『雲水樓拾語』、『覺世論叢』專欄,我也會給

---

[70] 星雲大師:《星雲大師全集‧第二類人間佛教叢書,人間系列 2》(高雄:佛光出版社,2017 年),頁 299。
[71]《雲水樓拾語》收錄星雲大師青年僧時期的作品,為星雲大師對傳統和威權的評論、提議作品。星雲大師:《星雲大師全集‧第五類文叢,雲水樓拾語》(高雄:佛光出版社,2017 年),頁 24。

予一些評論。」72《覺世旬刊》是星雲大師早年發表社論最集中的報刊之一，可分三個時期：初創刊時以「我們的話」為題寫過12篇社論；1952年7月以「疏雨集」寫過28篇社論；1964年4月開始以「十日談」寫過21篇社論，後收錄於《覺世論叢》，73 展現星雲大師發表發聲振聵的評論文章來針砭時事，宣傳革新理念、力挽狂瀾的弘法性格。例如，1964年，西班牙鬥牛要到台北，表演最後要把牛殺死。星雲大師在《覺世旬刊》發表「狗咬人」，以慈悲立場，提出反對意見。立法院以這篇評論，最後阻止了這一場血腥的表演。

《覺世論叢》社論類別可分為四種：第一、改革佛教的錢財觀，鼓勵佛教興辦實業。第二、改革佛教界一盤散沙的現狀，加強佛教組織力量。第三、改革佛教儀軌、樹立佛教威信。第四、改革

---

72 星雲大師：《星雲大師全集・第二類人間佛教叢書，人間系列2》（高雄：佛光出版社，2017年），頁305-306。
73 星雲大師：《星雲大師全集・第五類文叢，覺世論叢》（高雄：佛光出版社，2017年），頁26。

第貳章 《人間福報》創辦歷程

徒眾管理、寺院管理制度,維護佛教名譽。[74] 不過,在 1967 年創建佛光山,建立僧團之後,為了僧團的平安,不遭受外界攻擊,星雲大師不再輕易發表言論,他自己也感到甚為可惜。[75]

研究者整理出星雲大師從焦山佛學院 1945 年首次向外界投稿到 1967 年創建佛光山前,藉由投稿報章雜誌,以文字突破重圍宣揚佛法,進而奠定日後佛光山以「文化弘揚佛法」為四大宗旨的過程。如表 3-1:

---

[74] 左丹丹:〈從《覺世旬刊》看星雲大師的宗教革新理念〉,《2016 星雲大師人間佛教理論實踐研究》(2017 年 10 月),頁 162-184。
[75] 星雲大師:《星雲大師全集・第二類人間佛教叢書,人間系列 2》(高雄:佛光出版社,2017 年),頁 306。

表 3-1　1945～1967 年 星雲大師發表文章於佛教刊物

序	時間（大師年齡）	雜誌名稱	擔任
	大陸時期		
1	1945 年（19 歲）	焦山佛學院《我的園地》	主編
2		《新江蘇報》	投稿作者
3		《新江蘇報》「新思潮」副刊	編輯
4	1948 年（22 歲）	《怒濤月刊》	副社長、主編
5		《徐報》霞光副刊	主編
	時間	雜誌名稱	擔任
	抵台時期		
6	1949 年（23 歲）	《覺群周報》	主編
7	1950 年（24 歲）	中廣公司	記者
8		《自由青年》	投稿作者
9		《戡戰日報》	投稿作者
10		《今日青年雜誌》	投稿作者
11		《覺生月刊》為《覺群周報》更名	投稿作者
12		《菩提樹雜誌》為《覺生月刊》更名	投稿作者
13	1951 年（25 歲）	《人生月刊》	主編

第貳章 《人間福報》創辦歷程

	時間	雜誌名稱	擔任
	宜蘭時期		
14	1953 年（27 歲）	《人生月刊》更名《人生》雜誌	主編、投稿作者
15		《今日佛教雜誌》	執行編輯
16		中國佛教月刊	董事、兼編撰委員
17	1957 年（31 歲）	《覺世旬刊》	總編輯
18		《今日佛教月刊》	發行人、兼主編
19	1959 年（33 歲）	《蓮友通訊》	主編
20		《國光雜誌》	投稿作者
21		《宜蘭青年》	投稿作者
22	1960 年（34 歲）	《今日佛教》	發行人、主編
23	1962 年（36 歲）	《覺世旬刊》	發行人、兼主編

資料來源：《星雲大師全集》

　　表 3-1 顯示，星雲大師除 19 歲自編「我的園地」外，他所接觸的報章雜誌媒體多達 20 家，且擔任過記者、投稿作家、編輯、主編、總編輯、編撰委員、副社長、發行人等多種角色，文章類別從新詩、散文、小說到新聞、廣播稿、評論、社論等。在經營面上，大師 1957 年主編的《覺世旬刊》，最初以四版、四開報紙型態發行，每月出刊 3 次，其中經歷 5 次改革，到 2000 年《人

間福報》創辦後，即併入報紙副刊，成為〈覺世副刊〉，大師經營《覺世旬刊》長達43年，可謂奠定了《人間福報》的重要基礎。

二、以「文字」作為弘傳利器之創見

星雲大師興辦佛教文化事業的決心，可以從幾段文字中看出：

> 50年前在大陸各地叢林參學時，我就深深地感到：過去佛教寺院以租佃收入與法會油香添補經濟來源的不足，隨著時移世遷，社會型態逐漸改變，佛教的財源也應有所更易，更何況普濟群生是每一位佛子應有的責任，所以興辦佛化事業才是佛教的慧命所在。[76]

來到台灣後，擔任《人生雜誌》6年的義務主編，他回憶：

---

[76] 星雲大師：《星雲大師全集・第三類教科書，往事百語1》（高雄：佛光出版社，2017年），頁169。

記得有一次，我將編好的《人生雜誌》連夜送到印刷廠，半夜醒來，飢腸轆轆，才想起自己一整天還沒吃飯呢！又因為沒有錢買稿紙，我常常拿別人丟棄的紙張背面作為塗鴉之用。直到現在，我依然是在年年虧損的情況下，興辦雜誌、圖書等文化事業，但我從無怨言，因為我深知：佛教的文化度眾功能無遠弗屆，非金錢財富所能比擬。[77]

於是星雲大師於民國56年（1967年）5月16日來到高雄開山，定名「佛光山」，並同時訂下弘法方針，有四大宗旨：「以文化弘揚佛法、以教育培養人才、以慈善福利社會、以共修淨化人心」。本節將著重在文化弘揚佛法的探討，並以1967年創辦佛光山為劃分點，討論開山前、開山後以文化弘揚佛法的脈絡。

（一）佛光山開山前（1953～1966年）

民國42年（1953年），星雲大師到宜蘭弘法，台灣正處戒

---

[77] 星雲大師：《星雲大師全集·第三類教科書，往事百語3》（高雄：佛光出版社，2017年），頁98-99。

嚴時期，政府設有集會限制，包括出家人不得對外進行弘法，因此他以寫書來弘法。這時期的文章多數先在雜誌發表而後出書。

當時的時代背景下，星雲大師曾遭遇過哪些情況：

1. 政治方面：台灣戒嚴時期，不允許聚眾講說等，今日看來都是不合情理的法規。

    (1) 星雲大師在宜蘭初次講經時，警察不准他公開說法，且禁止播放佛教幻燈片，警方所持的理由是：「你沒有向有關單位呈報申請。」

    (2) 在雷音寺弘法時，會有居民在殿外喧囂干擾；錄製好廣播電台、電視台的佛學講座，對方負責人聲稱「限於目前當局政策，不希望富有宗教色彩的節目播出」，而臨時遭到封殺。

    (3) 台北師範學院（即今師大）原本邀請星雲大師去演講，海報都已張貼出去，竟然無故被取消；到公家機關禮堂說法，不准供奉佛像等。[78]

---

[78] 星雲大師：《星雲大師全集‧第三類教科書，往事百語3》（高雄：佛光出版社，2017年），頁93。

2. 民眾信仰：民智未開，神佛不分，信仰仍未普及，佛教認知程度也低落。

    (1) 佛教徒多以誦經拜懺為主，對於佛法中因緣果報等教義，一知半解，甚至認知錯誤，不具備正知正見。

    (2) 當時寺院多將佛經典籍束之高閣，流通的佛書多為課誦本，或傳統善書，即便偶見《金剛經》、《阿彌陀經》等，也都是古本製版流通，內容艱澀，印刷粗糙。[79]

這使得星雲大師在文化弘法上，採取了幾種方式突破重圍：

1. 編纂佛教雜誌：經常撰寫對時事的看法，反映給政府當局，也寫佛教評論，以求佛教能革新。同時編纂佛教雜誌，登載雅俗共賞、老少咸宜的文章，使佛法能深入人心。

2. 寫書出版流通：讓佛教藝文化、故事化、通俗化，貼近民眾生活，讓人可以接受。以下歸納出星雲大師來台到開山前的著作，便能清楚了解。如表 3-2。

---

[79] 星雲大師：《星雲大師全集・第三類教科書，往事百語 1》（高雄：佛光出版社，2017 年），頁 167。

表 3-2　　　　　1953～1965 年 星雲大師著作

序	出版年月	著作	發表雜誌／見刊年月
1	1953/5	《觀世音菩薩普門品》	《菩提樹》1953/1
2	1953/5	《玉琳國師》	《人生》1953/2~1954/8
3	1953/7	《無聲息的歌唱》	《覺生》、《菩提樹》1951/4~1953/6
4	1955/8	《釋迦牟尼佛傳》	《人生》1954/1~1955/10
5	1959/3	《十大弟子傳》	《菩提樹》1955/8~1957/8
6	1960/7	《八大人覺經十講》	結集 1955、1956、1959 三次演講內容
7	1964/4	《海天遊蹤》	《覺世旬刊》1963/6~1963/9
8	1965/4	《覺世論叢》	《覺世旬刊》1957/4~1965/4

資料來源：《星雲大師全集》

　　如表 3-2 以上 8 本書，有 7 本先在不同的佛教雜誌刊登，後結集成書，其中《八大人覺經十講》是先演講後整理成書；《玉琳國師》曾被拍成電影，改編成舞台劇、廣播劇，甚至改編成收視率頗佳的連續劇《再世情緣》，至今仍為坊間唯一有關玉琳國師傳的小說文學。

第貳章 《人間福報》創辦歷程

3. 發行佛教聖歌唱片：民國46年（1957年）8月由宜蘭和台北歌詠隊在美國新聞處錄音，灌製佛教首套聖歌唱片6張，大小為10吋，內容包括讚偈及佛教聖歌等20首，這在當時是一種突破傳統的弘法創舉。[80]
4. 倡印每月一經：民國47年（1958年）倡印「每月一經」，將艱澀難懂的經文採新式標點符號，分段、分行，使經文容易閱讀。每本流通價1元，都是成本以下，利於流通。[81]
5. 開設佛教文化服務處：民國48年（1959年）在台北縣三重市創辦「佛教文化服務處」，其主要業務為出版一般性佛教書籍、經典，流通各種法物，並設有每月印經會、中英佛學叢書編輯委員會，出版之佛教書籍、唱片、錄音帶達數百種[82]。1964年遷往高雄市，1967年遷至佛光山，1978年更名為「佛光出版社」。

---

[80] 星雲大師：《星雲大師全集・第三類教科書，佛教叢書22》（高雄：佛光出版社，2017年），頁175-176。
[81] 星雲大師：《星雲大師全集・第二類人間佛教論叢，人間佛陀本懷》（高雄：佛光出版社，2017年），頁309-310。
[82] 慈怡法師主編：《佛光大辭典》第3冊，（高雄：佛光出版社，1989年），頁2622-2623。

6. 運用廣播媒體宣傳：民國 50 年（1961 年）4 月，中國廣播公司宜蘭台台長溫世光先生應聽眾要求，邀請大師於中廣宜蘭台開闢佛教節目。遂闢「覺世之聲」，內容包含佛教動態、佛教講座、佛教解答、佛教聖歌、佛教家庭、佛教故事、佛教讚偈等，此為國營電台首次播放佛教節目。同年 6 月，應雲林廣播電台「佛教之聲」主持人李玉小姐之邀，於電台節目弘法。[83]

7. 出版佛教藝文書目：陸續出版《蘇東坡傳》、《佛教童話集》、《佛教故事大全》、《佛教小說集》、《佛教文集》等書籍，內容簡明易懂，易於流通，讓佛教藝文化。

8. 出版中英對照書：民國 51 年（1962 年）編印《中英對照佛學叢書》，共分 6 部：經典之部、論典之部、教理之部、史傳之部、宗派之部、文學之部，以及《中英文佛學辭典》等，使佛教國際化。

9. 大藏經宣傳：民國 44 年（1955 年）9 月應中華佛教文化館「影

---

[83] 星雲大師：《星雲大師全集・第三類教科書，往事百語》（高雄：佛光出版社，2017 年），頁 90。

印大藏經委員會」之邀，由南亭法師擔任團長，星雲大師擔任領隊，發起環島宣傳影印大藏經，共逾20人隨行。行經宜蘭、花蓮、台東、屏東、高雄一路北行，共至27個縣市鎮，10月圓滿，達預約訂戶170餘部。

（二）佛光山開山後（1966～2024年）

佛教之所以能流傳千古，皆靠文字般若。大師來台初期，致力於編輯雜誌、撰文出書的文化事業。1959年，在三重埔設立佛教文化服務處，印製佛經。[84] 為了創建佛光山，1967年讓售「佛教文化服務處」，所得款項買下高雄大樹麻竹園的建地。為了提升佛教文化的層次，他繼續創設佛光出版社，成立大藏經編修委員會等佛教文化事業，百花齊放，都在此前擘建的基礎中展開。研究者整理出目前佛光山文化事業單位，從中可看出發展脈絡。如表3-3。

---

[84] 星雲大師：《星雲大師全集・第三類教科書，往事百語3》（高雄：佛光出版社，2017年），頁98。

文字禪堂──傳遞人間福報

表 3-3　1962～2023 年 佛光山文化事業

序	年代(大師年齡)	事業單位
1	1962~2000 (36~74 歲)	《覺世旬刊》
2	1976 (50 歲)	《佛光學報》
3	1977 (51 歲)	佛光大藏經編修委員會
4	1978/2 (52 歲)	佛光書局
5	1978/4	佛光出版社
6	1979 (53 歲)	普門雜誌社
7	1988/3 (62 歲)	財團法人佛光山文教基金會
8	1988/6	佛光山電視中心
9	1995/3	佛光緣美術館台北館
10	1995	佛光山電子大藏經
11	1996/4 (70 歲)	佛光文化事業有限公司
12	1996	佛光山國際翻譯中心
13	1997/8 (71 歲)	香海文化事業有限公司
14	1997/8	如是我聞文化股份有限公司
15	1997/12	人間衛視股份有限公司
16	1998/5 (72 歲)	佛光山電視弘法基金會
17	1999/3 (73 歲)	佛光文化事業(馬)有限公司
18	2000/4 (74 歲)	《人間福報》社股份有限公司
19	2000/8	福報文化股份有限公司
20	2001 (75 歲)	美國佛光出版社
21	2001 (75 歲)	《普門學報》雙月刊
22	2008/1 (82 歲)	上海大覺文化傳播有限公司
23	2011/7 (85 歲)	印度佛光出版社
24	2012/12 (86 歲)	人間通訊社股份有限公司

資料來源:《星雲大師全集》

第貳章 《人間福報》創辦歷程

「文化弘揚佛法」是佛光山四大宗旨之一，不僅是口號，更具體落實在佛教文化事業的開展上，從過去到現在許多與文化相關的弘法事業，一脈相承，具一致性。分析如下：

1. 從中文到外語具國際性：星雲大師很早就開始進行英文書籍的出版，1962 年在三重佛教文化服務處出版《中英對照佛學叢書》、《中英文佛學辭典》，開創佛光山後成立國際翻譯中心，至今已翻譯超過 40 種語言的書籍，並成立上海大覺文化傳播有限公司、美國佛光出版社、印度佛光出版社等。美國佛光出版社多次參加紐約「美國圖書大展」，為該展唯一的佛教出版社。

2. 從雜誌到報紙具全面性：星雲大師以經營多本雜誌經驗，轉而發行《覺世旬刊》43 年，期間還創辦《普門雜誌》、再創辦人間衛視、《人間福報》、人間通訊社等，加上近年網站數位平台經營，媒體傳播通路可說相當完整而全面。

3. 從自營到公司具企業性：早期受邀為他人主編，居無定所，

到有能力購屋開設佛教文化服務處,現已全面朝向公司企業化、制度化經營。

4. 從通俗到學術具全面性:星雲大師提倡佛法藝文化、通俗化,雅俗共賞,因此他以小說體寫《玉琳國師》、《釋迦牟尼佛傳》等書,延續至今有佛光文化、香海文化等出版社,出版佛教和藝文書籍,並有普門學報出版專業學術論文,深入研究佛學各個面向。

對於不斷更新文化弘法方式,星雲大師說過:

> 人間佛教的文化出版,順應每個時代的需求,經歷譯經、刻經,到現在雜誌、學報、報紙、電子報等出版品,以當代適合的方式進行傳播。[85]

---

[85] 星雲大師:《星雲大師全集·第二類人間佛教論叢,人間佛教佛陀本懷》(高雄:佛光出版社,2017年),頁312。

第貳章 《人間福報》創辦歷程

第二節 《人間福報》創辦背景

> 星雲大師認為：「佛教最大的功能，乃在於培養人才，並透過文化教育來傳播佛法，淨化人心，改善社會風氣，這才是佛教對社會人民的貢獻與職責所在。」[86]

星雲大師的主張打破一般人總將佛教局限在慈善救濟、恤孤濟貧的框框裡。對此，他認為佛教慈善救濟人人能做，推展教育來淨化人心，則非人人可為。因為，唯有淨化心靈，斷除煩惱，解脫生死，影響生生世世，所以佛教教育才是最徹底的慈善。因此，最好的慈善事業應該是與文教合而為一。[87]

星雲大師所領導的佛光山教團，總是積極推展文化弘揚佛法、

---

[86] 星雲大師：《人間佛教當代問題座談會》上冊（台北：香海文化，2008年），頁233。
[87] 星雲大師：《人間佛教當代問題座談會》上冊（台北：香海文化，2008年），頁234。

文字禪堂──傳遞人間福報

教育培養人才。星雲大師因應時代轉變，也不斷的變換文化傳播的方式，從寫書出版、投稿雜誌、廣播電台、電視弘法、倡印大藏經、新修大藏經、編輯佛光大辭典、佛教美術大辭典、開書局、創辦旬刊、雜誌、學報，後來創辦報紙，台灣佛教的發展隨著文化傳播不斷開展，這也是宗教與媒體緊密結合的最大原因。

台灣報業除民營報外，宗教辦報歷史更久遠，台灣第一份報紙是由基督教創辦的《台灣府城教會報》，距今138年，目前更名《台灣教會公報》，仍持續經營。佛教辦報從日據時代開始，日本僧侶到台灣本地僧人也曾出現過幾份報紙，但時間都相當短暫，也不是每日出刊。直到2000年4月1日，佛光山星雲大師創辦《人間福報》以傳播「人間佛教」為主的綜合性日報，佛教創辦的報紙再次露出曙光。創報之初，因有宗教辦報前車之鑑，加上當時網路興起，許多新聞界前輩紛紛前來勸退。星雲大師在力排眾議下創辦，並在佛光山僧信努力護持下，《人間福報》迄今25年不輟，可謂打破魔咒。我本身也投入其中22年，深感一份報紙要永續經營，需要諸多因緣條件，尤其是《人間福報》以傳播宗教理念的報紙，從組織、經營、編者、內容到讀者，都

第貳章 《人間福報》創辦歷程

與一般性報紙有明顯差異性，經過參與觀察，發現有如下特殊視角，可作分析：

第一、《人間福報》是佛教所創辦，但不僅只是宣傳佛教新聞或佛光山新聞，對於世界五大宗教佛教、基督教、猶太教、印度教、伊斯蘭教，甚至台灣民間宗教、宮廟信仰等正信宗教，都予以報導，不同於其他宗教的本位主義和排他性，反而凸顯報紙的宗教包容性。

第二、《人間福報》同時兼具綜合性日報特性，報導國內外重大新聞，掌握即時資訊，但不報導八卦、羶色腥、假新聞等，也不以強烈政治導向來煽動群眾心理、增加讀者群，反而以清流之姿，在現代競爭激烈的媒體環境下，持續經營，彰顯真善美的報導方向。

第三、紙媒發行大多局限在本國，而《人間福報》除了在台灣有每日20萬人的傳閱率外，也在亞、美、歐、大洋等四大洲，先後與10個國家地區的18家華文媒體合作發行海外版，每周

文字禪堂──傳遞人間福報

閱報人口達百萬人。這歸功於星雲大師創辦佛光山，並在全球設有別分院，隨著別分院文宣需求，進而促進與各國在地媒體合作，具體落實星雲大師法水長流五大洲的弘願，為宗教傳播史上特殊現象。

第四、2019 年起，《人間福報》啟動數位化革新，經過幾次官網改版、人員調整，從紙本發行到電子報點閱，在 2023 年各類網站數據分析排名不斷躍進。根據以色列 SimilarWeb Ltd. 國際網路公司 2023 年 7 月瀏覽量分析報告，以不重複用戶計算，《人間福報》在「社區與社會」、「信仰與信念」分類項目的造訪量排行，都是全台灣第一。

第五、《人間福報》秉持創辦人星雲大師為報社立下的宗旨「弘法服務」，自 2010 年啟動校園讀報教育，讓學子經由報紙，掌握世界脈動和科學新知，落實三好品德──做好事、說好話、存好心。112 學年度上學期全台有 451 所學校申請讀報，每日逾 15 萬名學子閱讀，據統計《人間福報》已躍升為校園讀報第一首選，為台灣推廣讀報教育校園數最多、閱讀普及率最廣的一份

第貳章 《人間福報》創辦歷程

報紙。[88]

《人間福報》於西元 2000 年創辦，以現代化報導方式，宣傳佛教教義，成立初始即被賦予淑世利人的情懷。相較於傳統的漢傳、南傳、藏傳佛教，在傳播上過於強調出世思想，顯然《人間福報》走上一條全然不同的傳播模式，與世間學結合，被廣大佛教徒及讀者所接受。

在媒體角度來看，《人間福報》是一份綜合性日報，又有別於其他商業媒體，強調品德教育、真善美等媒體素養，正向內容運用在校園讀報教育、公司機關培訓、監獄讀書會等，潛移默化，達到傳播效果，成為少數普及各層面的報紙。以下將從辦報願心與報紙定位兩個層面，說明星雲大師創辦《人間福報》的緣起、期許、理念和風格。

---

[88] 《人間福報》讀報教育官網。檢 https://nie.merit-times.com.tw/index_tw.php（引用日期：2024 年 6 月 22 日）

文字禪堂──傳遞人間福報

一、辦報願心

星雲大師兒時因戰亂，無法求學，為能累積知識，學習文字，撿拾他人看過不要、丟在地上的報紙。他先看報上的插圖開始學習，後來從報紙裡逐步認識外界的時事及社會現況。[89]之後到南京棲霞山出家，江蘇焦山求學，當時他很關心佛教的動向與前途，心裡萌發志願將來要為佛教辦一份報紙，要辦一所大學。[90] 23歲來台後不久，寫下一篇〈佛教需要什麼〉提到：佛教需要建一個大學、需要辦一份報紙、需要設一個廣播電台、需要成立一個電視事業。[91]星雲大師認為，開放才能讓佛教有發展的未來。

---

[89] 星雲大師：《星雲大師全集・第六類傳記，百年佛緣6》（高雄：佛光出版社，2017年），頁105-106。
[90] 星雲大師：《星雲大師全集・第三類教科書，往事百語3》（高雄：佛光出版社，2017年），頁38。
[91] 星雲大師：《星雲大師全集・第三類教科書，往事百語3》（高雄：佛光出版社，2017年），頁38。

第貳章 《人間福報》 創辦歷程

民國 75 年（1986 年）星雲大師 60 歲，在佛光山邁入開山 20 年之際，寫給信徒的一篇〈新春告白〉中提到：對於佛教事業的發展，我尚有兩個未完成的心願：一是辦報紙，淨化人心；二是辦大學，培育人才。希望在不久的將來，這些心願都可以實現。[92]1990 年星雲大師在佛光山主講「佛教的前途在哪裡」時也提到：「佛教需要一份報紙，甚至設立電台、電視台。」[93]

辦報的雛型一直到民國 82 年（1993 年）似乎有了具體想法，6 月 12 日接受一位《中央日報》記者李堂安採訪時，大師回答：「佛光山一直希望以大眾傳播媒體弘法。」[94]6 月 22 日有一位《中央日報》記者陳懋珍來採訪大師「回首看台灣」的專輯，當時星雲大師請陳懋珍先生代向社方表示，他擬辦《佛光日報》，希望

---

[92] 星雲大師：《星雲大師全集・第九類佛光山系列，佛光山新春告白 1》（高雄：佛光出版社，2017 年），頁 229。

[93] 星雲大師：《星雲大師全集・第六類傳記，雲水日月 2》（高雄：佛光出版社，2017 年），頁 181。

[94] 星雲大師：《星雲大師全集・第八類日記，星雲日記 15》（高雄：佛光出版社，2017 年），頁 240。

《中央日報》給予建言。次日，6月23日星雲大師在一場佛光山北區功德主會議中，明確向大家說明佛光山未來努力的事業有四點：一、開辦佛光電視，二、設立佛光電台，三、發行《佛光日報》，四、創建佛光大學。[95] 從這段文字中可以知道，當時這份報紙還是一個雛型，名稱採用佛光山的「佛光」二字，也足見其演變過程。

星雲大師正式對外公布是到1999年11月13日，他在紅磡香港體育館向大眾宣告：

在這裡，也報告一個消息，明年2000年，佛光山要創刊、發行《人間福報》，這份報紙將是社會的清流，我們要用文化散播和平、和諧、平等、歡喜，也希望把福報、平安帶到每一個家庭。[96]

---

[95] 星雲大師：《星雲大師全集・第八類日記，星雲日記15》（高雄：佛光出版社，2017年），頁298-299。
[96] 星雲大師：《星雲大師全集・第五類文叢，如是說1》（高雄：佛光出版社2017年），頁238。

第貳章 《人間福報》創辦歷程

星雲大師在千禧年，新世紀的開始，也是佛教東傳二千年創報，寓意東、西方文化結合，開創新局。1999年12月31日星雲大師在台北道場召開《人間福報》籌辦座談會，有佛光會幹部千人與會。會中大師表示，希望藉由辦報，增進佛教與時代的互動，並營造媒體的一股清流。[97]

2000年1月1日創報前3個月，《人間福報》邀請主筆群素齋談禪，會中星雲大師說明了報紙的定位：

> 辦報是我半世紀以來的心願，早期由於因緣不具足，所以遲到現在才開始著手。《人間福報》的定位是以人間性、慈悲愛為出發點，以知識性、可傳說、奇妙的、文化的為主；其他報紙不注重的，《人間福報》會重視、報導這些有人情味、大眾化、小市民的新聞。[98]

---

[97] 星雲大師：《星雲大師全集・第六類傳記，星雲大師年譜4》（高雄：佛光出版社2017年），頁259-260。
[98] 星雲大師：《星雲大師全集・第五類文叢，如是說1》（高雄：佛光出版社，2017年），頁263。

文字禪堂──傳遞人間福報

2000 年 4 月 1 日《人間福報》正式出刊，這是國內由佛教界創辦的第一份綜合性日報。同年 7 月，美洲版同步發行。星雲大師說到：

> 《人間福報》在 2000 年 4 月 1 日創報了！這是我 50 年來一心想為佛教廣開言路，也為傳播佛法盡一分心意的實現。在這一份報紙上，沒有刀光劍影，沒有權謀鬥爭；唯願闔家老少都能閱讀，分享福報和般若智慧。[99]

他對佛教事業一向有所堅持。為佛教辦一份報紙、設一個電台、開一個電視台、創一所大學，都是長遠以前埋藏在心底的心願，秉持著不強求但順勢，不放棄但待因緣的個性，確定佛法中有願必成的信念，希冀有生之年能圓滿心願。[100] 星雲大師在《人間福

---

[99] 星雲大師：《星雲大師全集・第六類傳記，星雲大師年譜 4》（高雄：佛光出版社，2017 年），頁 264。
[100] 星雲大師：《星雲大師全集・第八類日記，星雲日記 15》（高雄：佛光出版社，2017 年），頁 290-291。

報》上發表過一篇〈佛光山未來展望〉，[101] 明確指出：未來佛光山要重視教育、文化、藝術、體育、音樂、學術、資訊的發展，擴大佛教入世的參與；注重本土化、國際化、公益化、藝文化等。佛光山未來努力方向為：傳統與現代結合，僧眾與信眾共有；行持與慧解並重，佛教與藝文合一。

二、報紙定位

星雲大師對於佛教事業，提出「非佛不作」的原則。佛光山所有的興學、文化，甚至於辦報紙、創設電視台等；所有的種種佛教事業、所設的種種弘化活動，都是為了宣揚佛法，都是為了濟世利人。因此，凡與佛教有關的事業，才會去做，與佛教無關的，我們堅持「非佛不作」。[102] 在此原則下，回顧星雲大師在《人間福報》創刊、10 周年、12 周年、13 周年社慶時，刊登在報上 4 篇文章來探討他給予報紙的定位。

---

[101] 星雲大師，〈佛光山未來展望〉，《人間福報》第 4-5 版，2023 年 2 月 14 日。
[102] 星雲大師：《星雲大師全集・第一類經義，佛法真義 3》（高雄：佛光出版社，2017 年），頁 309。

在 2000 年 4 月 1 日發布創刊〈「人間」處處有「福報」〉出處中，寫到出版《人間福報》的意義有四點：
（1）《人間福報》是代表淨化美好的社會。
（2）《人間福報》是代表智仁勇的人生。
（3）《人間福報》是代表慈心橋的聯繫。
（4）《人間福報》是代表因緣果的報導。

2010 年 4 月 1 日《人間福報》〈十年有感〉[103] 一文中，寫到《人間福報》的定位：「是一份注重人性光明、道德、溫馨的報紙」。對於走過 10 年的《人間福報》，提出四點方向，做為目標：
（1）走入校園，推行三好。
（2）掌握趨勢，關懷社會。
（3）擴大影響，拓展國際。
（4）重視生活，實踐行佛。

---

[103] 星雲大師：《星雲大師全集・第五類文叢，星雲智慧 2》（高雄：佛光出版社，2017 年），頁 148-149。

第貳章 《人間福報》創辦歷程

2012年4月1日在〈回顧與前瞻——人間福報十二周年慶〉[104]一文中，除了強調媒體自身責任外，同時提出媒體與閱聽眾兩者間形成的「對等關係與責任」，星雲大師提到：

> 有什麼樣的媒體，就有什麼樣的讀者；有什麼樣的讀者，就有什麼樣媒體，閱聽眾不能喜歡看不良的內容後，才又來批評媒體。因此，閱聽眾要有是非的觀念，要有自覺能力，對於媒體呈現的內容應有取捨，進而才能監督媒體；媒體也要負起社會責任，本身要具有自律、自覺的能力，也就是實踐「自覺與行佛」的理念。

2013年4月1日在「《人間福報》邁入十四年」[105]一文中提到，要「辦一份人人能看、能走進各個家庭間的報紙。」當然，我倡導「人間佛教」，必定要有一份社會的報紙幫忙傳播「人間佛教」的理念。

---

[104] 星雲大師，〈回顧與前瞻人間福報十二周年慶〉，《人間福報》第1版（特刊），2012年4月1日。
[105] 星雲大師，〈《人間福報》邁入十四年〉，《人間福報》第1版（奇人妙事），2013年4月1日。

文字禪堂──傳遞人間福報

2009年9月1日記者節,由《人間福報》與人間衛視共同發起「媒體環保日、身心零汙染」的活動,於台北大安森林公園起跑。星雲大師(右三)帶領媒體負責人宣誓。

《人間福報》是一份延續星雲大師文化理念而創辦的報紙,從大師年少時在佛學院裡接觸外界報紙開始,便在心中萌發要為佛教辦一份報紙,以抒發對當時社會以及改革佛教等理念,進而推廣佛教新思潮。這和晚清時期文人感時憂國,希望辦報救國,如《新民叢報》、《時務報》、《大公報》等以喚醒人民愛國情操不太相同;也與近代工商勃興後,企業以商業宣傳為考量,買下

第貳章 《人間福報》創辦歷程

媒體辦報經營大相逕庭。

經過半世紀醞釀，星雲大師終於實現創辦《人間福報》的心願，他以宗教家淑世利人的情懷，辦一份服務眾人的報紙，他的理念宗旨是「弘法服務」，即為實現「人間有福報、福報滿人間」的人間淨土。同時在 20 世紀後，大師發現因為經濟成長，生活水準提升，產生許多不同問題，如各種公害與環境汙染等，他說過這是人類思想的汙染，尤其大眾傳播媒體，或錄音帶、書報、雜誌，罔顧社會責任，散播一些低級趣味、不實的報導或資訊，腐蝕人心，成為思想上的汙染，更是禍害不淺。[106] 於是在創報不久後，他提出對媒體的期許有四點：是善美的、是知識的、是趣味的、是感動的，[107] 形塑出《人間福報》的具體形象。如星雲大師所說的人間佛教的文化出版，是順應每個時代的需求。

---

[106] 星雲大師：《星雲大師全集・第一類經義，談淨土法門》（高雄：佛光出版社，2017 年二刷），頁 75-76。
[107] 星雲大師：《星雲大師全集・第五類文叢，星雲法語 9》（高雄：佛光出版社，2017 年二刷），頁 229。

第參章

《人間福報》2000年創辦，
發刊詞中寫到發行目的是希望
「人間有福報，福報滿人間」。
其目標一貫，弘揚人間佛教，布滿人間，
進而建設佛光淨土、人間淨土。

《人間福報》組織運作

文字禪堂──傳遞人間福報

第一節 組織文化

組織文化研究中，根據美國學者 Edgar H.Schein（1994）所述，組織文化的生成可追溯至三個關鍵因素：首先是組織創辦人的信念和價值觀；其次是隨著組織發展而加入的成員的學習經驗；最後是新成員和新領導者所帶來的新信念和價值觀。因此，Schein 認為組織文化是由組織成員共同塑造形成的。另外，Baron（1997年）指出，文化的形成來自於創辦人、環境經驗

第參章 《人間福報》組織運作

和與他人的互動。組織在尋找市場利基的過程中,會學習並強化有幫助的價值觀和做法,進而形成獨特的組織文化。

林朝夫整理各學者理論後,歸納出組織文化的特性如下:

(1) **獨特性**:每個組織文化展現的價值、信念、行為型態等都是獨特的,受到成員成長、參與動機、認知程度、情境、經歷和互動影響,因此每個組織文化都是獨特的。

佛光山全景

（2）**共有性**：組織文化是基於組織內成員共同接受和利用的基本假設、價值和信念形成的。組織文化需要經過擴散、傳播和轉化的過程，直到大多數成員接受為止才能存在，顯示組織成員具有高度的同質性。

（3）**動態性**：組織文化的形成來自內外系統互動，塑造獨特價值與信念。組織文化反映成員與環境互動，具動態性。內部包含語言、信念，外部包括目標、策略。組織文化隨需求調整，影響成員觀念和行為，展現動態特性。動態文化使組織靈活調適，實現內外平衡。

（4）**發展性**：組織的目的是永續經營與發展，其文化不斷演變引導成員新價值觀與行為。有機組織較易取得良好發展，因具彈性和創新力，適應性強；相對地，機械組織發展性較低。創新精神影響組織生存和目標達成，組織文化與科技結合可提升效能，但過度創新可能帶來不穩定。組織應穩健發展並考慮內部條件，以持續精進。組織文化的發展性使其生生不息、綿延不絕。

（5）**持久性**：組織文化起初可能是創始人的安排，但之後需要後繼者的投入和尊重來維持。隨著時間的推移和事件的發展，文化會逐漸演變、累積，最終形成組織成員認同的表徵。當文化能有效解決問題時，組織成員會重複使用文化、將其傳遞給新進人員，並內化於心理中，綿延不斷。組織文化的歷史愈久，對成員的影響愈深。[108]

就上述組織文化衍伸出獨特性、共有性、動態性、發展性、持久性等特性，分析星雲大師及其創辦的佛光山，依獨特性分析組織宗旨、組織精神；依共有性分析組織性格；依動態性、發展性、持久性分析組織目標。再依此分析《人間福報》延伸出的組織宗旨、精神、性格、目標等。如下：

一、組織宗旨：以文化弘揚佛法

星雲大師創辦佛光山，是為發展人間佛教的重要基地，明定宗

---

[108] 林朝夫：《縣市政府教育局組織文化與組織效能關係之研究》（台北：國立臺灣師範大學教育學系博士論文，2000 年），頁 31-33。

旨：「以文化弘揚佛法、以教育培養人才、以慈善福利社會、以共修淨化人心。」[109] 其中，以文化弘揚佛法興辦許多佛教文化事業，《人間福報》也是在此前提下創辦，此已在第二章論述。

以文化弘揚佛法中的「文化」該如何定義。約在 1920 年五四新文化運動時，西方潮流東漸，翻譯英文〝culture〞時，沿用日本明治維新時期的學者以漢字「文化」來翻譯，[110] 將中國原有的「文化」詞彙，[111] 注入新的生命。殷海光在《中國文化的展望》中，以西方學界觀點，從人類學、社會學、民族學，以及精神層

---

[109] 星雲大師：《星雲大師全集・第二類人間佛教論叢，人間佛教的戒定慧》（高雄：佛光出版社，2017 年），頁 38。

[110] 實藤惠秀：〈中國人承認來自日語的現代漢語辭彙一覽表〉，收錄於：譚汝謙、林啓彥譯，《中國人留學日本史》（台中：三聯書局，1983 年），頁 330。

[111] 中國古代用語中的文化，最早見於先秦《周易・賁卦象辭》：「觀乎天文，以察時變，觀乎人文，以化成天下。」所謂人文化成，是以人倫社會教化天下蒼生。其二，是在西漢劉向《說苑・指武》：「聖人之治天下也，先文德而後武力。凡武之興，為不服也，文化不改，然後加誅。夫下愚不移，純德之所不能化，而後武力加焉。」所謂文治教化，指統治管理要用和平的方法。藍麗春、邱重銘：〈文化的定義、要素與特徵〉，《國立台中技術學院通識教育學報》第 2 期（2008 年 12 月），頁 117-128。

面等領域分析「文化」的定義,綜合如下觀點:

(1) **人類學觀點:** 文化是人類生活方式的總和

生活方式展現在人與自然之間,是食衣住行的物質文化;展現在人與人之間,是社會、家庭、倫理道德與行為模式;展現在人與超自然之間,就是宗教、思想、哲學、藝術等。

(2) **社會學觀點:** 特定群體所共享的信仰、價值、行為和物質的組合

群體彼此之間的社會關係,有一套規範體系,如價值觀、語言、知識、倫理、道德、宗教、法制、禮俗、經濟、政治體制、親屬組織等。

(3) **藝術美學觀點:** 文化是指藝術與美學的相關創作

人追求唯美的心態,亦稱「精神文化」,如藝術、文學、哲學、美術、音樂、戲劇、教養等。[112]

---

[112] 藍麗春、邱重銘:〈文化的定義、要素與特徵〉,《國立台中技術學院通識教育學報》第 2 期(2008 年 12 月),頁 117-128。

文字禪堂——傳遞人間福報

星雲大師提倡「以文化弘揚佛法」，所弘揚的「佛法」都是他一生所提倡的「人間佛教」。他曾在不同場合，以善巧方便解釋過什麼是人間佛教？本文列出最具代表性的幾項說法，如下：

佛說的、人要的、淨化的、善美的；凡是有助於幸福人生增進的教法，都是人間佛教。[113]

人間佛教是：幸福、安樂、真誠、善美。希望人間佛教所帶來的法喜安樂，不僅是佛教徒受用，更希望佛法人間化的理念，能使全世界的大眾，也能享有同樣的法喜安樂，為世界帶來永久的和平與幸福。[114]

---

[113] 2003年春節，佛光山舉辦佛教界首度的「國際花藝特展」，高希均教授伉儷來山參訪，高教授忽然問：「大師，什麼是人間佛教？」大師不假思索的回答：「凡是佛說的、人要的、淨化的、善美的；凡是有助於幸福人生增進的教法，都是人間佛教。」符芝瑛：《雲水日月—星雲大師傳》（台北：天下遠見，2006年），頁411。

[114] 星雲大師：《星雲大師全集・第二類人間佛教論叢／人間佛教語錄3／宗門思想篇／實踐淨土》（高雄：佛光出版社，2017年），頁281-283。

人間佛教是，現實重於玄談、大眾重於個人、社會重於山林、利他重於自利。[115]

星雲大師要建設的人間佛教是：

生活樂趣的人間佛教、財富豐足的人間佛教、慈悲道德的人間佛教、眷屬和敬的人間佛教、大乘普濟的人間佛教、佛國淨土的人間佛教。[116]

綜合以上從人類學角度、社會學、藝術美學觀點，舉凡人類的生活方式，到群體所共享的信仰、價值、行為和物質都是「文化」。星雲大師所提倡的「以文化弘揚佛法」，人只要生活在世間上，都與文化相關，都離不開佛法，都是人間佛教。此與前述

---

[115] 星雲大師：《星雲大師全集・第二類人間佛教論叢／人間佛教語錄3／宗門思想篇／實踐淨土》（高雄：佛光出版社，2017年），頁281-283。
[116] 星雲大師：《星雲大師全集・第二類人間佛教論叢／人間佛教語錄3／宗門思想篇／實踐淨土》（高雄：佛光出版社，2017年），頁281-283。

殷海光所提的「文化」定義，包含人類學、社會學、藝術美學等凡是與人有關的廣泛定義相同。《人間福報》所報導的內容也在組織宗旨的範疇中延伸而出。

二、組織精神：集體創作、制度領導、非佛不作、唯法所依

星雲大師「以法制領導」佛光山，建立一個健康、穩定、和諧的組織文化，促進組織成員之間的相互合作，有助於實現組織的宗旨和目標，這種組織精神也延伸到相關事業單位，獲得發揮。而「以法制領導」的精神原則是：集體創作、制度領導、非佛不作、唯法所依。

（1）**集體創作**：在佛光山體系中，無論是寺院或事業，任何的人、事、工作，不分你我，樂於參與，互相幫助，共同成就。從中培養凝聚力，才有力量拓展「法水長流」的理想。[117] 在「集體創作」裡的每個人都能平等參與，廣泛徵求各方看法及意見。因此，多

---

[117] 星雲大師：《星雲大師全集・第二類人間佛教論叢／人間佛教語錄 3／宗門思想篇／佛光宗風》（高雄：佛光出版社，2017 年），頁 162-163。

採民主開會,透過發言和表決來解決問題,共享成長的經驗。[118]

(2) **制度領導**:佛光山注重制度,稟承佛陀「依法不依人」的教示,以完善的制度來統理大眾,例如:宗務委員會章程、共住規約、請假辦法、人事獎懲、升等調職、參學條例、財務會計等制度,都是教團共同集思制定。[119]

(3) **非佛不作**:佛光山興辦任何佛教事業,都是為了弘揚佛法,宣揚佛教,堅持「非佛不作」[120]的精神和理念來服務社會。大師強調,所有的事業體不以商業經營為出發,只要是弘揚佛法,就是蝕本、奉獻、犧牲、服務,也都是應該的。[121] 只要將因緣散播

---

[118] 星雲大師:《星雲大師全集・第一類經義／成就的秘訣／金剛經》(高雄:佛光出版社,2017年),頁45-47。

[119] 星雲大師:《星雲大師全集・第三類教科書／佛光教科書11／佛光學傳統與現代融和》(高雄:佛光出版社,2017年),頁23。

[120] 星雲大師:《星雲大師全集・第一類經義／佛法真義3／事業要宣揚佛法》(高雄:佛光出版社,2017年),頁309-312。

[121] 星雲大師:《星雲大師全集・第二類人間佛教論叢／人間系列1》(高雄:佛光出版社,2017年),頁60。

出去後，接觸到的人是否與佛教有緣，就隨順因緣，因為這是無條件、不求報償的奉獻。就如同閱讀《人間福報》後，讓讀者自己決定興趣、信仰，我們只是開個慈悲之門。[122]

（4）**唯法所依**：大師提到佛教的四依止，其中「依法不依人」最為究竟。人有生老病死，會有來去，最好是「依法」。佛法是永恆、普遍性的真理。「法」有哪些？如，因果、慈悲、八正道、六和敬、四弘誓願、六波羅蜜、五戒十善等。依法，無規矩則不能成方圓；不依法、無制度，則不能獲得大眾的尊重。法，使我們有方向、有光明、有希望。[123]

三、組織性格：三好四給

佛光山提倡人間佛教，不是槁木死灰，了無生機，星雲大師賦

---

[122] 星雲大師：《星雲大師全集·第一類經義／佛法真義3／事業要宣揚佛法》（高雄：佛光出版社，2017年），頁309-312。
[123] 星雲大師：《星雲大師全集·第九類佛光山系列／佛光山清規1／佛光人第十五講》（高雄：佛光出版社，2017年），頁161-162。

予它是一個有性格的道場。佛光山有以眾爲我的大眾性格、集體創作的團隊性格、給人信心的歡喜性格、注重文教的教育性格。[124] 這些人間佛教的性格也隨著法師和信眾傳播到世界各地，感染更多人。

人間佛教性格發展出佛光山特有的工作信條，稱爲「四給」：給人信心、給人歡喜、給人希望、給人方便。[125] 運用於待人處事上，則是「三好」：做好事、說好話、存好心，這些表現必然有助於群我關係的和諧共榮，凡事都不將功勞歸於己，而是迴向大眾：光榮歸於佛陀、成就歸於大眾、利益歸於常住、功德歸於檀那。[126]

---

[124] 星雲大師：《星雲大師全集・第二類人間佛教論叢／人間佛教語錄 3 ／宗門思想篇／佛光宗風》（高雄：佛光出版社，2017 年），頁 154。
[125] 星雲大師：《星雲大師全集・第五類文叢／迷悟之間 4》（高雄：佛光出版社，2017 年），頁 151。
[126] 星雲大師：《星雲大師全集・第二類人間佛教論叢／人間佛教語錄 3 ／宗門思想篇／佛光宗風》（高雄：佛光出版社，2017 年），頁 154。

文字禪堂——傳遞人間福報

---
[127] 星雲大師：《星雲大師全集・第二類人間佛教論叢／人間佛教的戒定慧／戒的制訂》（高雄：佛光出版社，2017年），頁30。
[128] 星雲大師：《星雲大師全集・第三類教科書／佛教叢書20／儀制3》（高雄：佛光出版社，2017年），頁8。

第參章 《人間福報》組織運作

四、組織目標：人間有福報、福報滿人間

　　星雲大師 1967 年開創佛光山時，其目標：「弘揚人間佛教，開創佛光淨土，建設四眾教團，促進普世和慈。」[127] 於 1992 年創辦國際佛光會，與佛光山如鳥之雙翼，其目標是要弘揚佛法，完成「佛光普照三千界，法水長流五大洲」。[128] 2000 年創辦《人間福報》於發刊詞中寫到發行目的是希望「人間有福報，福報滿人間」。其目標一貫，弘揚人間佛教，布滿人間，進而建設佛光淨土、人間淨土。

佛光山大佛城全景

文字禪堂──傳遞人間福報

小結

　　從佛光山組織宗旨、組織精神、組織性格、組織目標等，分析《人間福報》的延伸與展現。

（1）**弘法服務宗旨**：從佛光山的「以文化弘揚佛法」到《人間福報》辦報宗旨「弘法服務」，可以說「弘法服務」是「文化弘揚佛法」的延伸。在星雲大師創報之際，就明確指出，他倡導人間佛教，必須要有一份報紙來傳播理念，以文字報導等服務，做為傳播佛說的、人要的、淨化的、善美的內容平台；增進人類幸福、安樂、真誠、善美，為世界帶來永久的和平與幸福。

（2）**法制領導精神**：在《人間福報》秉持「以法制領導」的精神原則：集體創作、制度領導、非佛不作、唯法所依。先從以下組織圖分析，《人間福報》為公司制度，從創辦人到編輯、管理、業務、發行、數位等各部門，分工有序，各司其職。《人間福報》隸屬在佛光山體系的文化院下，由文化院院長指導方針，由出家和在家組成結構，同時兼顧世俗報業的制度領導，也維持出世佛教體系的非佛不作等精神。參見圖4-1：《人間福報》公司組織圖，

第參章 《人間福報》組織運作

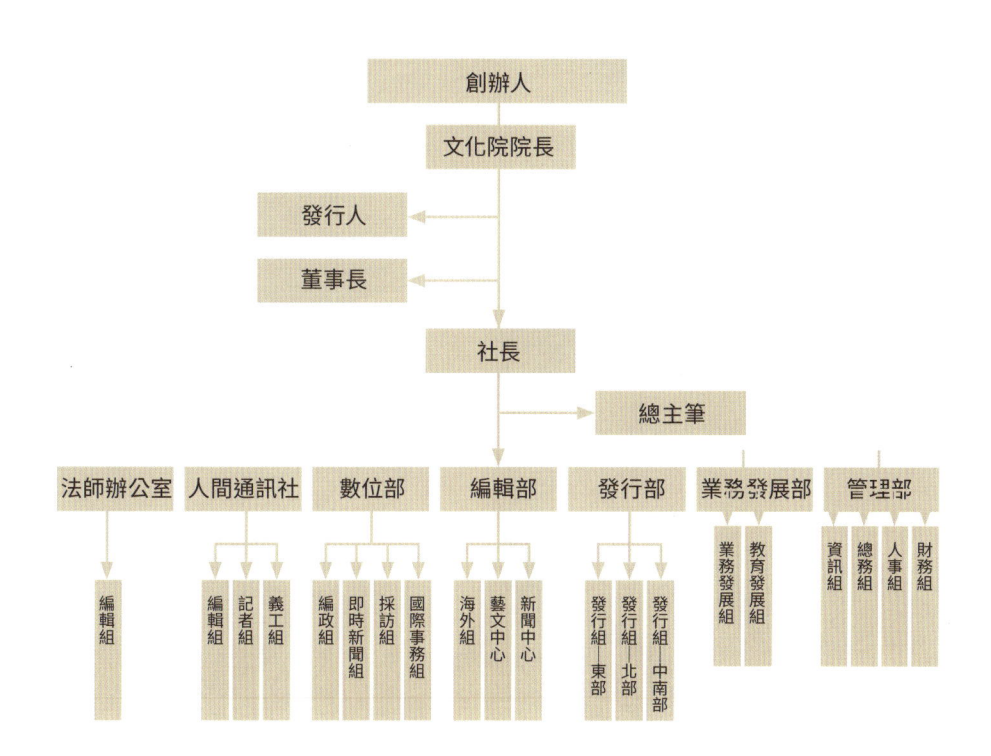

```
                        創辦人
                          │
                      文化院院長
                          │
            ┌─────────────┤
          發行人           │
                          │
          董事長           │
                          │
                         社長
                          │
                          ├──── 總主筆
                          │
  ┌────┬────┬────┬────┬────┬────┬────┐
法師  人間  數位  編輯  發行  業務   管理部
辦公室 通訊社  部    部    部   發展部
  │    │     │     │    │     │      │
 編   ┌┼┐  ┌┼┐  ┌┼┐  ┌┼┐   ┌┼┐   ┌┬┬┐
 輯   編記義  編即採國  海藝新  發發發  業教   資總人財
 組   輯者工  政時訪際  外文聞  行行行  務育   訊務事務
      組組組  組新組事  組中中  組組組  發發   組組組組
               聞  務    心心  ─ ─ ─ 展展
               組  組        東北中  組組
                              部部南
                                  部
```

圖 4-1 《人間福報》公司組織圖
資料來源：《人間福報》人事管理部

105

文字禪堂──傳遞人間福報

創辦人
星雲大師

第參章 《人間福報》組織運作

社長／發行人	發行人	發行人
依空法師	心定和尚	慧傳法師

董事長	董事長	總主筆
慧寬法師	慧屏法師	柴松林

文字禪堂──傳遞人間福報

圖 4-2 《人間福報》海外版地圖
圖片來源：《人間福報》編輯部海外組整理

人間福報 走向全世界

分布亞洲、美洲、大洋洲、6個國家地區（台灣、印尼、美國、加拿大、巴西、澳洲）、總計12家寺院與15家媒體合作，刊登於當地報紙、每周閱讀人口逾100萬。

DS 2023年9月底改為電子檔

108

可看出整體組織運作。

（3）歡喜融和性格：《人間福報》以弘法為宗旨，非以商業化營利為主，因此沒有媒體企業的惡性競爭，員工並非都是佛教徒，甚至也有基督徒，但彼此和諧相處，且在融洽、互助合作氣氛中，共同執行完成任務。新聞性格上，杜絕羶色腥新聞，反八卦、反暴力，一切以真善美新聞為重點。例如，頭版奇人妙事就是帶給讀者創意和新知，以人間佛教的歡喜性格為核心，傳播佛法，影響讀者。

（4）媒體淨土目標：《人間福報》實現星雲大師「佛光普照三千界，法水長流五大洲」的偉大心願，讓人間有福報，福報滿人間，是集合佛光山五大洲的分別院和信眾在推廣報紙發行，因此除了在台灣，更發行在五大洲，至今已進入8個國家地區，先後與17家當地媒體合作，透過各類新聞，將真善美傳播給讀者，希望給他們信心、希望、歡喜、方便，影響他們的身心靈，進而付諸行動，以佛光山的三好精神來改變生活，創設媒體淨土。

第二節 組織成員

新聞工作者包含記者、編輯、主編等，而新聞工作者的認知結構則包括新聞工作者個人選擇、解釋、強調或組織外界事務的心理結構。[129] 新聞工作者在新聞守門過程裡，藉由認知的心理結構處理新聞，完成新聞報導的採訪、寫作工作。

一、專業認知

資深傳播學者臧國仁提出個人（認知）框架受到認知結構影響，有幾個面向：

（1）**組織文化**：新聞組織的內部社會化過程，以及組織文化對記者和編輯在新聞選擇、價值觀的判斷，也具有潛移默化的影響。[130]

---

[129] 臧國仁：《新聞媒體與消息來源》（台北：三民書局股份有限公司，1999年），頁129。

[130] 臧國仁：《新聞媒體與消息來源》（台北：三民書局股份有限公司，1999年），頁123。

（2）**知識系統**：認知心理學觀點，認為記者在處理資訊時，會使用到先前知識系統，有組織結構，同一主題之知識串連且相互連結，自成知識體系。[131]

（3）**專業意理**：是指專業記者經過長時期培養出來的價值系統，內化成為日常新聞製作的一種指引。美國新聞學者 Weaver & Wilhoit（1986）將記者分為資訊傳布者、解釋者、對立者三種角色。資訊傳布者：記者要強調客觀的傳達事實給閱聽人，排除個人對事件的價值判斷；解釋者：記者應負起分析事件的責任，陳述個人意見，強調調查性、分析性報導；對立者：除分析、揭露事實外，還會主動參與政策決定，有政策的鼓吹者和政府的批評者二種。[132]

---

[131] 臧國仁：《新聞媒體與消息來源》（台北：三民書局股份有限公司，1999年），頁123。

[132] 郭姵君：《從組織雇員到獨立記者：三位新聞工作者的專業意理形塑與實踐》（台北：臺灣大學社會科學院新聞研究所碩士論文，2001年），頁12-16。

（4）**解決問題**：編輯工作是在「解決問題」，解決資訊處理的整體過程。陳曉開（1995）指出，編輯工作分「問題表徵」、「解決方案」兩階段，前者包含：閱讀稿單、整理稿件、製作標題等。後者含有：發稿順序與數量控制、版樣設計、拼版作業等，透過這些過程建構新聞的眞實性。[133]

現今新聞包羅萬象，新聞工作者必須忠實、客觀傳遞資訊，因此他們的認知結構攸關新聞品質，而認知結構包括個人選擇、解釋、強調或組織外界事務的心理結構，包括組織文化的理念認同、知識系統、專業意理、解決問題等四個面向，如表4-1：

---

[133] 臧國仁：《新聞媒體與消息來源》（台北：三民書局股份有限公司，1999年），頁134。

表 4-1　《人間福報》新聞工作者專業認知的面向

目次
一　理念認同
1. 進入《人間福報》年限？本身年齡？僧侶或在家居士？報社擔任工作職稱？
2. 任職《人間福報》之前是否有信仰？是什麼信仰？
3. 進入《人間福報》之後，對哪些組織文化最為認同？為什麼？
二　知識系統
4. 任職《人間福報》之前的專業領域為何？
5. 是否會運用到先前所學的知識，展現在工作領域上？如何展現？
三　專業意理
6. 在選擇新聞時，是否受到組織文化的影響？有哪些？為什麼？
7. 在解釋新聞時，是否受到內部新聞常規影響，如消息來源、截稿時間、平衡報導、採訪路線、設計話題、價值判斷、長官分配等？
8. 在強調新聞時，專業領域和組織文化之間是否有衝突？如何協調？
9. 在傳達新聞事實時，你是屬於資訊傳布者、解釋者、對立者的那一種，以傳達組織宗旨？
四　解決問題
10. 在處理資訊過程中，如閱讀稿單、整理稿件、製作標題等，發稿順序、數量控制、版樣設計、拼版作業等，是否會受到組織文化影響？又如何選擇以達到組織的宗旨？
11. 專業領域和組織文化之間是否有過衝突？如何協調？
12. 工作完成後，個人新聞認知標準是否與組織文化達到一致的目標？

二、專業能力

新聞工作者需具備何種專業能力？根據Soloski（1989）的研究，新聞專業主義以兩種方式引領新聞記者的專業行為：首先是透過設定行為的標準及規範，其次是訂定專業的獎勵系統。新聞專業主義確立新聞記者的行為規範，新聞組織藉由此行為規範發展內部的訓練計畫，所以，發展新聞記者專業能力及專業主義的相關規範面向及準則相當重要。

Deuze（2005）指出，新聞業的專業價值區分為五種準則，包括公共服務、客觀性、自主性、立即性及倫理道德。此外，還有一種準則是「能力」的要求，新聞記者專業能力是基本的要求。

根據Kustermann et al.（2022）的研究指出，新聞工作有三種基本的類型，包括新聞內容、新聞策略、新聞科技及視覺化的工作類型。

第參章 《人間福報》組織運作

　　新聞內容的工作是透過創造內容來製作新聞，包括數位內容製作人、編輯、記者、多平台編輯、報導者及影音編輯。新聞策略的工作是管理及開發新聞產品及新聞受眾，包括受眾的發展策略師、吸引受眾投入策略師、資料分析家、產品經理及使用者體驗研究員。新聞科技及視覺化的工作是開發以軟體為基礎的新聞功能，包括應用程式開發人員、音訊工程師、數位設計總監、前端開發人員、互動開發人員、動畫設計師及軟體工程師。

　　Kustermenn 等人（2022）的研究指出，新聞專業技能有六個面向，包括學科能力、綜合能力、新聞製作技能、數位技能、受眾管理技能及科技能力。學科能力提供新聞專業場域的知識，也包括工作的經驗，並包含以下幾種：軟技能、對工作的一般態度、新聞誠信的專業價值、對新聞的社會契約承諾。

　　根據 Cheetham 及 Chivers（2005）的研究指出，整體性及概念性的新聞專業能力包括有四個面向：第一、認知的能力係指「知道為何」，包括正式或非正式隱性知識。第二、職能能力是指能夠執行、展示特定職業領域的技能。第三、個人或行為能力

係指個人有效完成工作績效的持久性特徵。最後，價值觀或道德能力係指適當的個人及職業價值觀。

記者專業領域裡，專業能力代表記者具備執行工作的知識、實際的記者技能、個人特質、價值觀能力（Dickson & Brandon, 2000）。

美國新聞與大眾傳播教育認證委員會（the U.S. Accrediting Council on Education in Journalism and Mass Communication）制定了十二項新聞專業能力清單：言論自由、歷史、性別、文化多樣性、理論、道德、思惟、研究、寫作、評估、數字及技術能力（Henderson & Christ, 2014）。

Donsbach（2014）指出，新聞專業能力有五個面向：包括綜合能力、學科能力、流程能力、新聞技能及職業價值觀。Appelgren 及 Gunnar（2014）針對新聞產業的相關研究，也強調逐漸增加的核心能力包括：靈活性、協作、溝通及分析能力。

第參章 《人間福報》組織運作

　　根據 Carpenter（2009）的研究指出，新聞業最需要的專業知識是非技術性的日常專業知識，例如寫作、編輯及訪談技能，以及適應性專業知識，例如創造力、獨立思考及領導技能。

　　Guo 及 Volz（2021）的研究指出，新聞專業能力的準則可以檢驗新聞專業能力的有效性，並增進對於新聞人員專業能力的了解。他們兩人針對廣播電視新聞人員的專業能力進行列表，這些專業能力包括技術的專業能力、默識的實作知識、知識應用的能力、特定職業的能力、流程方面或組織與管理的能力、生理具備的能力、社會上的職業能力、人格特質及個人專業能力。

　　技術的專業能力有兩個次類目：技術知識及學科知識。默識的實作知識也有兩個次類目：新聞判斷及多語文能力。知識應用的能力也有兩個次類目：大數據與行銷。

　　特定職業的能力則有十一個次類目：寫作、編輯、拍攝、報導、直播、採訪、即興創作、設計、社群媒體出版、網頁開發及多媒體。流程方面或組織與管理的能力則有五個次類目：研究、內容

策略、管理、受眾分析及按時完成任務。生理具備的能力則有兩個次類目：體能及長時間工作的能力。

社會上的職業能力也有兩個次類目：人際溝通與網路專業能力。人格特質則有三個次類目：社交性、進取心及服從性。個人專業能力也有三個次類目：包括多樣性、道德及輔導。

根據 Niu（2024）的研究指出，新聞記者的原始專業能力有七個面向，總計三十六項準則。七個面向包括訪談及認知的能力、使用人工智能的素養、社會智能、管理技能、工作動機、個人行為能力及價值觀或道德能力。

訪談及認知的能力有四個次類目：包括辨識新聞價值的能力、辨別真實性及可信度的技能、平衡報導的能力及建立邏輯的能力。

使用人工智能的素養包括四個次類目：了解人工智慧的基礎知識、在工作中應用的能力、利用人工智慧進行評估與創造的能力、

應用人工智慧的道德能力。

　　社會智能則有十個次類目：包括團隊合作智能、文化間傳播智能、工作承諾創新智能、批判性智能、個人責任感、解決問題的能力、時間管理能力、危機管理能力、自我發展能力、工作適應能力。

　　管理技能則有五個次類目：包括實務能力、與單位合作的能力、人力資源管理能力、技術操作能力、預算管理能力。

　　工作動機則有四個次類目：包括工作能力、人際關係、自主權和善行。

　　個人行為能力則有五個次類目：包括開放性、自律性、外向性、和諧性及神經質。

　　價值觀或道德能力則有四個次類目：包括避免扭曲的新聞技能、保持法律技能、遵守新聞道德技能及維護新聞結果的社會價值。

文字禪堂——傳遞人間福報

　　一般來說，會來《人間福報》服務的人，除具有與一般媒體新聞工作者同樣的專業能力，其內在還具有以下特性：

（1）**認同三好理念：**佛教三好理念，就是做好事、說好話、存好心，也就是勤修身口意，這是真理，也不局限在佛教領域，甚至不管有無宗教信仰者，三好都是應該奉行的信念，一生成為好人。因此，《人間福報》員工不管是佛教、道教、天主教或無宗教信仰者，還是出家或在家眾，他們均認同佛光山、星雲大師辦報理念，有志在福報工作，共同推動三好，讓社會更祥和。

（2）**新聞要真善美：**《人間福報》有很多員工都是從主流媒體轉職而來，他們在主流媒體待過，內心很排斥羶色腥新聞，尤其當年《蘋果日報》所帶起的新聞界歪風，讓他們感到不安與痛苦，他們深信人性本善，不願同流合汙，因此在星雲大師創辦《人間福報》後，看到一股媒體清流，也燃起他們邁向光明面的希望，所以陸續放棄主流媒體職位，毅然決然來到《人間福報》工作，共同為真善美新聞付出心力，他們堅信媒體應該帶領讀者共同邁向光明正道。

（3）**信服長官政策**：《人間福報》成員普遍具有信仰，包括佛教、道教、天主教等，雖然大部分是佛教徒，但彼此均能互相包容，且大家都是溫和、謙恭有禮，個性不偏激，展現善良的本性，也很尊重職場倫理。因為他們深信報社是佛光山開山祖師星雲大師創辦，以三好、四給為信念，以弘揚人間佛教為宗旨，一切都以良善為出發點，在此框架之下，長官必定也是秉持大師囑咐做事，心裡很放心，也很信服，所以尊重報社體制，並遵守相關規定及指示。

（4）**創造自我價值**：《人間福報》是佛教第一份日報，以弘揚人間佛教為職志，許多員工慕名而來，他們不只是找一份工作而已，更重要的是為了創造自我的人生信仰價值。這些員工不僅認同佛光山理念，更積極參加各種修持法會等活動，甚至在佛光山接受三皈五戒、菩薩戒，成為忠實信眾，他們在人生道路上找到修行方向，堅定前進；曾有一名年輕的《人間福報》記者參加短期出家後，直接報名佛學院，最後在佛光山出家，成為僧團的一員，潛心修行，弘法利生，所以《人間福報》不只是清流媒體，更是員工修身養性的道場，不僅是媒體界僅有，更是佛教界宣揚佛法的明燈。

第三節 新聞文本

新聞文本框架不僅包含句法結構、情節結構、主題結構、修辭結構等語言和主題使用策略，還涉及消息傳播的方式、新聞類型的選擇，以及信息呈現的方式等元素。這些要素共同作用，有助於新聞文本在傳達事實的同時，塑造讀者對事件的認知和理解。

一、星雲大師文章 刊登細目

《人間福報》創辦後，星雲大師每天在報上發表文章，闡述佛法生活化等人間佛教觀點，創報初期以每3年設定一個專欄題目撰寫，並不定時在報上發表系列文章，以達到宣揚人間佛教的目的。《人間福報》從2000年4月1日創刊到2024年4月31日（截至研究時間），星雲大師在報上刊登的文章，如表4-2：
對上述表4-2分析星雲大師文章的特色，有以下幾點：

第參章 《人間福報》組織運作

表 4-2　2000 年起星雲大師每天在《人間福報》發表系列文章

序	時間（大師年齡）	專欄名稱	版面	結集出版
1	2000/4/1~2003/3/31（74~77 歲）	1. 佛光菜根譚 2. 迷悟之間	第一版	《迷悟之間》12 冊 [134]
2	2003/4/1~2006/3/30（77~80 歲）	1. 佛光菜根譚 2. 星雲法語	第一版	
3	2006/4/1~2009/3/30（80~83 歲）	1. 佛光菜根譚 2. 人間萬事	第一版	《人間萬事》12 冊 [135]
4	2007/7/2~2007/11/15（81 歲）	佛光祈願文（109 篇）	第九版	《佛光祈願文》2 冊 [136]
5	2009/4/1~2012/3/31（83~86 歲）	1. 佛光菜根譚 2. 星雲禪話	第一版	
6	2012/4/3~2015/3/31（86~89 歲）	1. 佛光菜根譚 2. 星雲說偈	第一版	
7	2015/4/3~2015/7/19（89 歲）	1. 佛光菜根譚 2. 星雲說喻	第一版	
8	2015/4/1~2015/6/8（89 歲）	貧僧有話要說（40 說）	第三四五版	《貧僧有話要說》[137]

---

[134] 星雲大師：《迷悟之間》（台北：香海文化事業有限公司，2004 年）。
[135] 星雲大師：《人間萬事》（台北：香海文化事業有限公司，2009 年）。
[136] 星雲大師：《佛光祈願文》（台北：香海文化、佛光文化，2000 年）。
[137] 星雲大師：《貧僧有話要說》（台北：福報文化股份有限公司，2015 年）。

文字禪堂──傳遞人間福報

序	時間（大師年齡）	專欄名稱	版面	結集出版
9	2015/6/30~2015/9/28（89歲）	台灣選舉系列評論（70篇）	第一版	《慈悲思路・兩岸出路──台灣選舉系列評論》[138]
10	2015/6/15~2015/11/2（89歲）	往事百語（100篇）	第三四五版	
11	2016/1/1~2017/12/29（90~91歲）	星雲一筆字・佛光菜根譚	第一版第九版	
12	2016/3/7~2017/12/29（90~91歲）	人間佛教回歸佛陀本懷	第九版	2016/1/22 第九版改為「人間佛教學報・藝文綜合版」，全版刊登大師文章。陸續刊登《星雲大師全集》系列文章，每天刊登，不曾間斷。

資料來源：《人間福報》歷年報紙

---

[138] 趙無任：《慈悲思路・兩岸出路─台灣選舉系列評論》（台北：遠見天下文化出版股份有限公司，2015年）。

（一）星雲大師在生活思想上對人間佛教的論述

星雲大師提倡人間佛教，就是重視生活中的佛法。佛教不是人死後的寄託，淨土也不是死後才能往生。人間佛教是希望人人在現世中不要有是非，不要相互殘害，而要彼此尊重、諒解。如果我們的社會能夠安和樂利，從物質上、精神上都能得到和諧，那麼西方極樂世界就在人間，人間就是極樂淨土。

（二）星雲大師以人間佛教出發關心政治的議題

星雲大師說：「在我們的心裡，沒有誰好誰壞的黨派分別，也沒有誰勝誰負的政權主觀。社會的和諧、人民的安樂，就是我們佛教最大的心願。」因此2016年總統大選時，大師從2015年6月底起，在《人間福報》每天以筆名趙無任發表台灣選舉評論的系列文章，希望為選風增添一些和平、善美的理性思考。後來由天下文化公司出版，訂名為《慈悲思路・兩岸出路——台灣選舉系列評論》。

（三）星雲大師維護佛教教難發出人間佛教評析

佛教在中國的發展，歷經多次法難，如三武一宗、近代文革等。

1949年，國民政府渡海來台，政治軍事上仍風聲鶴唳，不但有省籍疑忌，也有保安工作的反應過當，連出家人都不免遭池魚之殃，或被捕入獄，或日夜派人跟監。2015年慈濟事件，當時的媒體對佛教大肆抨擊，星雲大師開始著手寫下「貧僧有話要說」系列專欄，以正知正見護法衛教，為佛教奉獻。

（四）星雲大師主張佛教落實人間等實踐方向

星雲大師主張，佛教要落實人間，必須「走向城市、深入社會、關懷群眾、超越國界、弘化全球」，因此提出「國際化、社會化、藝文化、本土化、現代化、人間化、生活化、事業化、制度化、未來化」等實踐方向，大師希望透過這些理念的落實，以佛法來淨化人間，完成人間淨土的建設。

（五）星雲大師以一筆字書法展現人間佛教藝術

星雲大師因罹患糖尿病，致視力模糊，但依舊揮毫不輟，並憑藉「心眼」和「法眼」齊用，成就獨門「一筆字」書法絕學，大師的一筆字，多年來在世界巡迴展出，感動無數人，當初一筆字因緣，也造就5所大學。大師常說：「不要看我的字，請看我的

心。」以書法之美，展現內心強大願力，感動世人。

（六）星雲大師以佛學義理文學等闡述人間佛教

星雲大師引用佛學、義理、文學，讓讀者受用無窮，其目的就是弘揚人間佛教。例如《迷悟之間》：他以人間佛教真理讓眾生破迷開悟；《佛光菜根譚》[139]：以生活佳句開啟人間佛教人生觀；《星雲法語》：以人間佛教法語點撥人生大智慧；《人間萬事》：以人間佛教論述世間萬事大道理；《星雲說偈》：以古人詩偈解說人間佛教之法理；《貧僧有話要說》：以自己一生的心得演說人間佛教；《人間佛教 回歸佛陀本懷》[140]：以佛陀初心本願來總結人間佛教。

---

[139] 星雲大師：《佛光菜根譚》4 冊（台北：香海文化事業有限公司，2007 年）。

[140] 星雲大師：《人間佛教回歸佛陀本懷》（台北：佛光文化事業有限公司，2016 年）。

文字禪堂──傳遞人間福報

二、人間佛教版面主題類目

創報之初，星雲大師親自指導版面，最開始的版面設定為 3 大張 12 塊版，是一份適合全家人閱讀的報紙。報紙的總編輯負責整體編輯方針和風格，並監督編輯團隊的工作，包括編輯、校對。因此，在版面分析這一節，以《人間福報》總編輯的時間點分段，論述他們的專業與角度，以展現創辦人的人間佛教思想。

《人間福報》周一到周五的版面著重時事新聞、商業和政治相關的報導，因為這是工作日，讀者比較關心這些議題，版面會以專業為導向。參見圖 4-3。

◀《人間福報》於 2010 年起推廣家園和校園的雙園教育，適合全家人閱讀外，至 2024 年已在 2800 多所學校實施讀報教育，參與教師約 15 萬名、學生達 400 萬名。

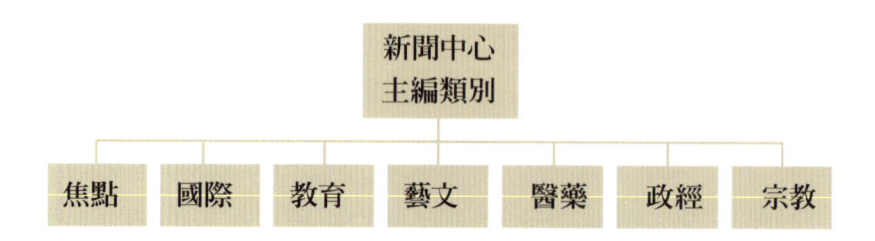

```
            新聞中心
            主編類別
  ┌────┬────┬────┬────┬────┬────┬────┐
 焦點  國際  教育  藝文  醫藥  政經  宗教
```

圖 4-3 《人間福報》新聞中心主編類別
資料來源：《人間福報》人事管理部

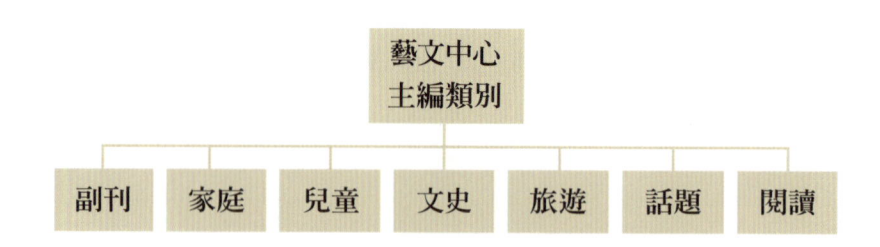

```
            藝文中心
            主編類別
  ┌────┬────┬────┬────┬────┬────┬────┐
 副刊  家庭  兒童  文史  旅遊  話題  閱讀
```

圖 4-4 《人間福報》藝文中心主編類別
資料來源：《人間福報》人事管理部

星期六和星期日，《人間福報》版面以休閒、娛樂、文化和生活方式相關的內容為主，因為這是人們放鬆和休閒的時間。報紙會增加一些特別版面，包括旅遊、美食、娛樂活動和家庭生活等內容，讓讀者在周末有更多輕鬆愉快的閱讀體驗。參見圖4-4。

因此在分析《人間福報》歷年來版面時，也會以此來呈現。所取樣原則有：（1）抽樣時間區隔原則：總編輯具有版面規畫主導權，因此以總編輯任期時間作為大範圍的研究區間。參見表4-3。（2）抽樣報紙版面原則：總編輯上任時間多為每年年中，一上任逐步變革，因此取樣上任後隔年的1月第一周的星期五、六、日，星期五為平日，星期六、日為周末，兩者版面屬性不同，更能看出區別。（3）特殊版面抽樣原則：所謂特殊版面，如有增加報紙而擴增的版面、具代表人間佛教特性的版面等。

文字禪堂──傳遞人間福報

《人間福報》歷任社長及總編輯

社長／總編輯　永芸法師
2000/4~2003 總編輯
2003/2~2006/7 社長
2007/5~2008/5 社長

總編輯　涂明君
2006/7/1~2007/6/30
2007/10/1~2008/5/31

社長／總編輯　妙開法師
2004/2/10~2005/12/31 總編輯
2008/5~2012/2 社長

新聞總監　池宗憲
2006/1/3~2006/6/15

社長／總編輯　符芝瑛
2011/2~2012/2 總編輯
2012/2~2013/6 社長兼總編輯
2013/6~2014/6 社長

總編輯　呂幼綸
2008/8/1~2010/7/31

社長　金蜀卿
2014/6~2018/7

社長／總編輯　妙熙法師
2013/6~2018/7 總編輯
2018/7~2023/1 社長兼總編輯
2018/7~ 迄今 社長

總編輯　郭書宏
2023/2/1~ 迄今

數位部總編輯　劉峻谷
2019/5/1~2021/9/30

數位部總編輯　婁靖平
2023/2/1~ 迄今

第參章 《人間福報》組織運作

（一）2000年4月1日～2006年6月 總編輯永芸法師

1999年底，人在紐約的永芸法師接到星雲大師及依空法師越洋電話，要他回台籌辦《人間福報》，當時他接任副社長兼總編輯，在辦公室都還沒有確定之下，不到3個月就要試報，報紙不是雜誌，可要天天出刊，在不刊登廣告前提下，為避免版面有開天窗之虞，永芸法師不僅自己執筆，還得每天盯緊十幾個版面，幸好在星雲大師親自執筆及經常到總社坐鎮，以及資深報人柴松林等人大力協助下，讓發行、業務、編輯漸上軌道。[141] 在星雲大師指導下，2000年4月1日出刊的報紙版名，已為報紙訂下基礎樣版，參見表4-4。

2003年，永芸法師接任社長，讓《人間福報》電子報正式上線，並在大師廣結善緣下，福報進駐便利超商，並上到華航及澳

---

[141] 星雲大師等著：《改變・守護・深耕人間福報20年》（台北：福報文化，2020年），頁78。

表4-4	2000年4月《人間福報》創刊號抽樣版面
抽樣日期	特殊版面，此為創刊號，3大張12塊版面
2000年	
4/1（六）	1版封面、2版人間方塊、3版編者・作者・讀者、4版福報新聞台（國內新聞）、5版福報新聞台（國外新聞）、6版當代人物、7版當代人物、8版當代人物、9版廣告、10版網羅天下、11版網羅天下、12-13版我們在建大學、14版閱讀、15版閱讀、16版閱讀、17版心靈小品、18版佛教藝文、19版宗教文選、20版時事英文、21版時事英文、22版藝術天地、23版藝術天地、24版奇人妙事
4/2（日）	1版奇人妙事、2版新聞集錦、3版宗教文化、4版寰宇人事、5版教育春秋、6版人間論壇、7版青春天地、8版都會女性、9版生活萬象、10版縱橫古今、11版覺世副刊、12版廣告
4/3（一）	1版奇人妙事、2版新聞集錦、3版宗教文化、4版寰宇人事、5版教育春秋、6版人間論壇、7版青春天地、8版都會女性、9版生活萬象、10版縱橫古今、11版覺世副刊、12版廣告

資料來源：《人間福報》歷史報紙 [142]

---

[142]《人間福報》歷史報紙：

檢自 https://www.merit-times.com.tw/newsepaper/（引用日期：2024年6月22日）

門航空。[143] 這時期的報紙在創辦人星雲大師親自指導下，為版面定下了雛形，也成為後來報紙的基本樣貌。

《人間福報》杜絕羶色腥新聞，因此看不到暴力、血腥的文字與畫面，也沒有吵翻天的政治口水，頭版有星雲大師的「迷悟之間」等文章，讓讀者醍醐灌頂，破迷開悟，生活更美好。頭版為「奇人妙事」，為星雲大師首創的報紙頭版版面，有別於其他報紙。星雲大師曾說，在創辦人間衛視時，就有「奇風異俗」、「奇人妙事」的節目發想，一直到《人間福報》成立後，才因緣成熟，讓人一睹大千世界千奇百怪的人事物，以不同角度看世界。[144]

其他如宗教文化、覺世副刊，對於學佛讀者更是每天必備精神食糧，猶如佛菩薩每天在福報講經說法，增益法身慧命；教育春秋、都會女性等版面，深受女性讀者好評；青春天地更是青少年喜愛的園地，所以創辦人星雲大師曾說，《人間福報》是份適合

---

[143] 星雲大師等著：《改變‧守護‧深耕人間福報20年》（台北：福報文化，2020年），頁80。
[144] 釋妙蘊編著：《奇人妙事》（台北：福報文化，2005年8月），頁4-6。

文字禪堂──傳遞人間福報

全家人閱讀的報紙。福報也是充滿學習與知識性訊息，老少咸宜，更是全家人每天必讀的精神糧食。

2003年1月1日，擴增為4大張16塊版。當天報紙頭版刊登啟事，如下：

《人間福報》自2000年4月1日創刊以來，承蒙全球讀者的關懷、協助與指教，已成為現今媒體的一股清流。本報積極、正面、向善的新聞及溫馨感人的報導，是一份讓您全家人「看得安心、看出歡喜、看到希望」的全方位報紙。本報為加強服務讀者，自2003年元旦起，增為4大張，除調整部分版面，另增加國際、科技、生態、環保、醫藥及地方新聞、花YOUNG年華、全民閱讀等版面，充實內容，提升水準，滿足廣大讀者的需求。迎接新世紀，展望新願景，希望十方大德與我們共同護育這塊心靈淨土。懇請踴躍賜稿，尤以世界蒐奇、精采圖片，是所亟盼。[145]

---

[145]《人間福報》第一版（奇人妙事），2003年1月1日。

第參章 《人間福報》組織運作

表 4-5　2003 年 1 月《人間福報》報紙抽樣版面

抽樣日期	特殊版面，版面擴增
2003 年 1/1（三）	1 版奇人妙事、2 版焦點新聞、3 版綜合新聞、4 版地方新聞、5 版致富之道(一～六)周日專題(日)、6 版花 YOUNG 年華(一～五)兒童天地(六～日)、7 版教育春秋(一～五)英語說易通(六～日)、8 版藝文鄉土(一～五)全民閱讀(六)人間書坊(日)、9 版宗教文化(一～六)周日專題(日)、10 版寰宇人事(一～五)公益社團(六～日)、11 版覺世副刊(一～六)書香味(日)、12 版福報家庭(一～五)旅遊休閒(六～日)、13 版醫藥保健(一～五)旅遊休閒(六～日)、14 版縱橫古今(一～五)人間佛教文選(六)、人間福報佛學院(日)、15 版讀者論壇與投書(一～六)教育論壇(日)、16 版廣告專輯(工商服務)

資料來源：《人間福報》歷史報紙

2003 年改版後，報紙版面抽樣，參見表 4-5：

《人間福報》版面擴充後，增加地方新聞、花 YOUNG 年華、兒童天地、書香味、致富之道、英文說易通、藝文鄉土、全民閱讀、人間書坊、福報家庭、公益社團、旅遊休閒、人間佛教文選、讀者論壇與投書、教育論壇等 15 塊版面，分布在每天版面。裡面有幾個特色，從重視中央為主的新聞，也關注地方新聞和藝文鄉土；以年輕人為主的青春天地版，分隔為兒童閱讀的兒童版和

青少年閱讀的花 YOUNG 年華，讓閱讀內容區隔更加明確；增加致富之道，以補足財經方面的新聞，並且增加「另類財富」專欄，以佛法角度來撰寫如何致富；福報家庭版面讓家庭主婦可以投稿，分享生活點滴和心情故事；書香味版面是一般媒體的副刊版，專門刊載暢銷作家文章，後結集成《書香味》套書；「人間佛教文選」是選取星雲大師文章，專門闡述人間佛教思想。以上版面在《人間福報》創刊 3 年後更加完備，才成為一個家庭所有成員都能夠閱讀的內容。

此外，2003 年改版時增加全民閱讀版，報導星雲大師於 2002 年成立「人間佛教讀書會」[146]，透過計畫性的組織，展開全球性的讀書風氣，並將「生活書香化」視為「終身學習」。2004 年 1 月 2 日每個月一次方式，在 15 版增加人間社全球活動半版，讓世界各地佛光會訊息都可以即時發布、傳達。另有全版佛光

---

[146] 人間佛教讀書會網站：〈認識我們〉。檢自 https://hbreading.org/index.php/tw/abouthbreading/knowhbreading（引用日期：2024 年 6 月 22 日）

版，報導佛光山的新聞，和9版宗教文化區隔，不僅可以更詳實報導佛光山弘揚人間佛教的各種訊息，也能均衡其他宗教新聞，達到宗教融和目的，不僅符合星雲大師的理想，也是回歸佛陀本懷的初心。2003年4月22日於3版每天增加國際新聞，將國際時勢新聞帶入，擴展閱讀視野。

（二）2004年2月10日～2005年12月31日 總編輯妙開法師

妙開法師一向對新聞最不想碰、對社會消息最不關心、對採訪寫稿最無心投入，但他當面對星雲大師時，軍令如山的一句話「就是您啦！」[147]從此與媒體工作結下不解之緣。從2000年起，歷任《人間福報》編輯、編輯主任、總編輯、社長、人間通訊社社長等職務。

是什麼力量讓他勇於面對自己的弱點，願意接受這份挑戰？妙開法師說，「被大師以身作則、耐煩教導所感動！」還記得大師曾在他面前拿起一則新聞，對他說：「這篇報導有364字！」他驚訝大師的精確性與眼光，如此慢慢薰習，一點一滴，從不懂到

---

[147] 傳美：〈「就是您啦！」妙開法師直下承擔不負使命〉，人間通訊社，2015年8月31日。檢自 https://www.lnanews.com/news/85304（引用日期：2024年6月22日）

第參章 《人間福報》組織運作

懂，從不會到會。妙開法師一路走來，對新聞的熱愛與投入，無怨無悔。[148]

表 4-6　2004 年 1 月～2005 年 1 月《人間福報》報紙抽樣版面

抽樣日期	抽樣版面
2004 年	
1/1（四）	1 版奇人妙事、2 版焦點新聞、3 版國際新聞、4 版地方新聞、5 版致富之道、6 版花 YOUNG 年華、7 版教育春秋、8 版醫藥保健、9 版宗教文化、10 版寰宇人事、11 版覺世副刊、12 版福報家庭、13 版藝文萬花筒、14 版縱橫古今、15 版人間社全球活動看板、16 版民生資訊網
1/2（五）	1 版奇人妙事、2 版焦點新聞、3 版國際新聞、4 版地方新聞、5 版致富之道、6 版兒童天地、7 版英語說易通、8 版人間書坊、9 版宗教文化、10 版佛光童軍報、11 版覺世副刊、12 版旅遊休閒、13 版旅遊休閒、14 版人間佛教文選、15 版人間社全球活動看板、16 版廣告

---

[148] 傳美：〈「就是您啦！」妙開法師直下承擔不負使命〉，人間通訊社，2015 年 8 月 31 日。檢自 https://www.lnanews.com/news/85304（引用日期：2024 年 6 月 22 日）

141

文字禪堂──傳遞人間福報

抽樣日期	抽樣版面
2005 年	
1/7（五）	1 版奇人妙事、2 版焦點新聞、3 版國際新聞、4 版綜合新聞、5 版致富之道、6 版藝文萬花筒、7 版教育春秋、8 版醫藥保健、9 版宗教文化、10 版寰宇人事、11 版覺世副刊、12 版福報家庭、13 版縱橫古今、14 版兒童天地、15 版讀者論壇與投書、16 版保養專輯
1/8（六）	1 版奇人妙事、2 版焦點新聞、3 版國際新聞、4 版綜合新聞、5 版致富之道、6 版人間書坊、7 版英語說易通、8 版童軍報、9 版宗教文化、10 版人間佛教文選、11 版覺世副刊、12 版影劇百匯、13 版旅遊休閒、14 版兒童天地、15 版讀者論壇與投書、16 版保健專輯
1/9（日）	1 版奇人妙事、2 版焦點新聞、3 版國際新聞、4 版保險人生、5 版致富之道專輯、6 版全民閱讀、7 版英語說易通、8 版社會公益、9 版宗教文化專輯、10 版人間福報佛學院、11 版書香味、12 版影劇百匯、13 版旅遊休閒、14 版繽紛生活、15 版 3C 資訊、16 版義賣專輯

資料來源：《人間福報》歷史報紙

妙開法師任總編輯期間，值得一提的是響應星雲大師於 2000 年 8 月 21 日創辦中華佛光童軍團，因此於 2004 年開闢「佛光童軍報」版面，後於 2005 年版面改為童軍報，以報導相關活動，藉此推廣佛光童軍精神與意義，讓三好運動扎根兒童及青少年。中華佛光童軍團是佛教第一個創辦的全國性童軍團，國際佛光會創會長星雲大師有感兒童及青少年問題日趨嚴重，希望給兒童及青少年一個快樂健康活動，伴隨他們成長茁壯，1996 年提出世界各地成立佛光童軍團，2000 年 8 月 21 日正式成立，多年來獲得廣大迴響與好評。台灣各縣市均有佛光童軍，以「做好事、說好話、存好心」落實快樂三好人生。[149] 童軍報即報導世界各國佛光童軍消息為主，推廣童軍人間佛教。

　　2005 年 12 月 23 日起，每周一到周五第 8 版改為全版佛光版，報導佛光山的新聞，和 9 版宗教文化區隔。2006 年 9 月 4 日原 8 版佛光版改到 16 版，更名覺世；2007 年 9 月 3 日 16 版覺世版，改到 8 版。

---

[149]《中華佛光童軍官網》：〈中華佛光童軍團簡介〉：檢自 https://www.fgs.org.tw/fgs-child/active/scout.htm（引用日期：2024 年 6 月 22 日）

文字禪堂——傳遞人間福報

（三）2006 年 07 月 01 日～2007 年 06 月 30 日
　　　2007 年 10 月 01 日～2008 年 05 月 31 日　**總編輯涂明君**

　　星雲大師於 2000 年創辦《人間福報》，並找《聯合報》合作，在大師一聲令下，過年就試報，在對編輯陌生情況下，為完成艱鉅任務，於是由時任《聯合報》副總編輯涂明君安排該報編輯前來協助，為這份清流報紙「接生」，也種下她與福報的因緣。[150] 2006 年 7 月，當時社長兼總編輯永芸法師將赴美進修一年，特聘請柴松林接任社長、涂明君任總編輯，並由星雲大師親自主持就任典禮，大師當時對涂明君學識與專業表達高度肯定。涂明君當時也說：「這就是我想要做的報紙」。[151]

　　涂明君擔任總編輯時，完成進修回台的社長永芸法師於 2007 年 9 月 1 日至 2008 年 12 月 28 日推新讀報運動，周六、日版

---

[150] 釋妙熙：〈醞釀半世紀創報一念間〉，《改變・守護・深耕人間福報 20 年》（台北：福報文化，2020 年），頁 49。
[151] 羅智華：〈人間福報新任社長柴松林新任總編輯涂明君〉，（人間福報，第四版（綜合新聞），2006 年 7 月 22 日）。

表 4-7　2007 年 9 月《人間福報》報紙抽樣版面

抽樣日期	抽樣版面
2007 年	
9/1（六）	1 版封面、2 版人間方塊、3 版編者・作者・讀者、4 版福報新聞台（國內新聞）、5 版福報新聞台（國外新聞）、6 版當代人物、7 版當代人物、8 版當代人物、9 版廣告、10 版網羅天下、11 版網羅天下、12-13 版我們在建大學、14 版閱讀、15 版閱讀、16 版閱讀、17 版心靈小品、18 版佛教藝文、19 版宗教文選、20 版時事英文、21 版時事英文、22 版藝術天地、23 版藝術天地、24 版奇人妙事
9/2（日）	1 版封面、2 版人間方塊、3 版編者・作者・讀者、4 版福報新聞台（國內新聞）、5 版福報新聞台（國外新聞）、6 版生活家、7 版生活家、8 版生活家、9 版廣告、10 版醫藥養生、11 版醫藥養生、12 版旅遊、13 版旅遊、14 版旅遊、15 版廣告、16 版蔬食園地、17 版蔬食園地、18 版智慧語錄、19 版如是說、20 版青春園地、21 版青春園地、22 版大陸傳真、23 版電視節目表、24 版奇人妙事

資料來源：《人間福報》歷史報紙

將原本 4 大張 4 開版報紙，改為 8 開版報紙，每周設定封面主題，多偏向藝文類。

為此《人間福報》在推出前一天，2007 年 8 月 31 日星期五於頭版下方有一個廣告，寫著「新讀報運動」，引領思潮、邁向

主流、人間福報、九月改版、讀者為尊等20個大字,因為資訊爆炸帶來的痛苦,因而發起新讀報運動,強調周一到周五,加強新聞面向和深度,周休二日,以雜誌型態呈現不同面貌,以藝文的、知性的、生活的、休閒的為主導。[152]

表4-8　2007年1月～2008年1月《人間福報》報紙抽樣版面

抽樣日期	抽樣版面
2007年	
1/5（五）	1版奇人妙事、2版焦點、3版國際、4版綜合、5版新聞聚點、6版教育、7版投書、8版關懷專案、9版宗教、10版醫藥、11版藝文、12版家庭‧消費、13版兒童天地、14版縱橫古今、15版副刊、16版覺世
1/6（六）	1版奇人妙事、2版焦點、3版國際、4版綜合、5版網羅天下、6版公益、7版投書、8版廣告、9版宗教、10版大陸傳真、11版致富之道、12版時事英文、13版青少年、14版書坊、15版副刊、16版覺世
1/7（日）	1版奇人妙事、2版焦點、3版國際、4版新聞追蹤、5版人物、6版社區、7版投書、8版生活消費、9版宗教、10版元氣生活、11版經典人生、12版旅遊、13版旅遊、14版閱讀、15版副刊、16版佛學

---

[152] 《人間福報》第一版（奇人妙事）,2007年8月31日。

抽樣日期	抽樣版面
2008年	
1/4（五）	1版奇人妙事、2版焦點、3版綜合／社區、4版國際、5版國際、6版教育、7版藝文、8版覺世、9版宗教、10版醫藥、11版投書、12版公益、13版終身學習／科學、14版終身學習／人文、15版副刊、16版廣告
1/5（六）	新讀報運動周末特刊 1版封面、2版人間方塊、3版人間方塊、4版國內新聞、5版國內新聞、6版國際新聞、7版國際新聞、8版當代人物、9版當代人物、10版當代人物、11版如是說、12版閱讀、13版閱讀、14版網羅天下、15版網羅天下、16版一周看點
1/6（日）	新讀報運動周末特刊 1版封面、2版人間方塊、3版人間方塊、4版國內新聞、5版國內新聞、6版國際新聞、7版國際新聞、8版社會事件簿、9版社會事件簿、10版生活家、11版生活家、12版醫藥養生、13版醫藥養生、14版蔬食園地、15版蔬食園地、16版廣告

資料來源：《人間福報》歷史報紙

涂明君於2007年12月30日星期日首次增加「生命書寫」版，提供一個消弭生死兩岸、珍惜思念的園地，除了可閱讀他人對待死亡的態度，也可以透過墓誌銘、追思文，甚至別出心裁、具幽默感的訃聞，來勾寫生命最後的告別，因為凡走過必有痕跡，平

凡人一生必有不平凡之處,「生命書寫」版也就成為《人間福報》一大特色。

有鑑於社會風氣敗壞,道德淪喪,社會案件層出不窮,民間疾呼亂世用重典,但治本之道,應該要將因果觀念深植人心,因此凃明君於2008年1月6日首次加上〈社會事件簿〉版。星雲大師曾說,現在的社會由於功利主義掛帥,導致價值觀念嚴重偏差,造成種種脫序的現象。有人主張「亂世用重典」,希望透過嚴刑重罰來遏止犯罪。但是法律的制裁雖能恫嚇於一時,往往只能收一時治標之效,卻不能杜絕犯罪於永遠,因此佛教認為,正本清源之道應是宣揚因緣果報的觀念,人人持守佛教的戒律,體現慈心不犯、以法攝眾、以律自制、因果不爽、懺悔清淨等教義,才能確實改善社會風氣。[153] 所以大師表示,社會事件簿不是不能報,而是要報導結果,報導因果,讓讀者看了有所警惕。

---

[153] 星雲大師:《星雲大師全集・第二類人間佛教論叢/人間佛教當代問題座談會4》(高雄:佛光出版社,2017年),頁4。

第參章 《人間福報》組織運作

（四）2008年08月01日～2010年07月31日 總編輯呂幼綸

呂幼綸曾任《民生報》記者、家消中心副主任等職務，後來轉任福報總編輯。呂幼綸擔任總編輯時間為2008年8月1日至2010年7月31日。

表4-9　2009年1月～2011年1月《人間福報》報紙抽樣版面

抽樣日期	抽樣版面
2009年	
1/2（五）	1版奇人妙事、2版焦點、3版綜合／社區、4版國際、5版國際、6版教育、7版藝文、8版覺世、9版宗教、10版醫藥、11版投書、12版家庭、13版遇見科學、14版縱橫古今、15版副刊、16版廣告
1/3（六）	新聞版：A1奇人妙事、A2焦點、A3綜合／大陸新象、A4國際、A5時人動態、A6教育／藝文、A7公益與義工、A8青春園地 周六舒活：B1運動、B2蔬食園地、B3醫藥養生、B4-B5旅遊、B6家庭電影院、B7動物行星、B8藝術人生
1/4（日）	新聞版：A1奇人妙事、A2焦點、A3綜合／兩岸人物、A4國際、A5一周看點、A6宗教／藝文、A7社會觀測站、A8體育風雲 周日悅讀：B1薪傳、B2心靈花園、B3福報佛學院、B4-B5閱讀、B6生命書寫、B7時事英文、B8廣告

文字禪堂──傳遞人間福報

2010 年	
1/1（五）	1 版奇人妙事、2 版焦點、3 版綜合／社區、4 版國際、5 版國際、6 版教育、7 版藝文、8 版致護法朋友的一封信、9 版宗教、10 版醫藥、11 版投書、12 版家庭、13 版遇見科學、14 版人文、15 版副刊、16 版廣告
1/2（六）	新聞版：A1 奇人妙事、A2 焦點、A3 綜合／大陸新象、A4 國際、A5 時人動態、A6 教育、A7 公益與義工、A8 福報佛學院 周六舒活：B1 運動、B2 蔬食園地、B3 醫藥養生、B4-B5 旅遊、B6 家庭電影院、B7 動物行星、B8 旅遊廣告
1/3（日）	新聞版：A1 奇人妙事、A2 焦點、A3 綜合／兩岸人物、A4 國際、A5 一週看點、A6 宗教／藝文、A7 社會觀測站、A8 體育風雲 周日悅讀：B1 文創薈萃、B2 心靈花園、B3 青春 UP、B4-B5 閱讀、B6 生命書寫、B7 時事英文、B8 消費新訊廣告
2011 年	
1/7（五）	1 版奇人妙事、2 版焦點、3 版綜合／社區、4 版國際、5 版國際、6 版教育、7 版藝文、8 版覺世、9 版宗教、10 版醫藥、11 版投書、12 版家庭、13 版遇見科學、14 版人文、15 版副刊、16 版廣告
1/8（六）	新聞版：A1 奇人妙事、A2 焦點、A3 綜合／社區、A4 國際、A5 時人動態、A6 兩岸、A7 公益 & 義工、A8 運動 周六舒活：B1 樂活家、B2 蔬食園地、B3 醫藥養生、B4-5 旅遊、B6 家庭電影院、B7 動物行星、B8 鶯歌園遊會專輯
1/9（日）	新聞版：A1 奇人妙事、A2 焦點、A3 綜合／兩岸人物、A4 國際、A5 一周看點、A6 兩岸、A7 社會觀測站、A8 體育風雲 周日悅讀：B1 新視界、B2 玩設計、B3 福報佛學院、B4-B5 閱讀、B6 生命書寫、B7 時事英文、B8 鶯歌園遊會專輯

資料來源：《人間福報》歷史報紙

表 4-10　2010 年 4 月《人間福報》報紙抽樣版面

抽樣日期	特殊版面
2010 年	
4/3（六）	新聞版：A1 奇人妙事、A2 焦點、A3 綜合／社區、A4-5 論壇、A6 兩岸、A7 公益 & 義工、A8 體育風雲 周六舒活：B1 樂活家、B2 蔬食園地、B3 醫藥養生、B4-5 旅遊、B6 家庭電影院、B7 動物行星、B8 消費新訊
4/4（日）	新聞版：A1 奇人妙事、A2 焦點、A3 綜合／社區、A4 國際、5 時人動態、A6 兩岸、A7 社會觀測站、A8 福慧修道會 周日悅讀：B1 文創薈萃、B2 玩設計、B3 青春 UP、B4-5 閱讀、B6 生命書寫、B7 時事英文、B8 消費新訊

資料來源：《人間福報》歷史報紙

呂幼綸開闢許多版面，如 2009 年 1 月 4 日首開「體育風雲」版面，開啟福報專版報導體育新聞，不久佛光山於 2009 年 5 月成立「三好體育協會」，是一個以推廣全民體育運動，淨化社會風氣為宗旨的協會，經由各項運動競技活動來接引青年學佛。[154]

---

[154] 星雲大師：《星雲大師全集・第九類佛光山系列／佛光山新春告白2》（高雄：佛光出版社，2017 年），頁 222。

文字禪堂──傳遞人間福報

星雲大師曾評價體育不但可以救國、強身，還可增進品德，體育看起來是競爭，實際上是教育人要懂得尊重、團結，懂得認錯。體育活動裡有很多美德，所以許多年輕人實在很需要體育來訓練自身，這與我們在佛教裡面參禪、念佛、打坐有同樣的意義！後於 2010 年 7 月更名「運動場上」，又更名「運動曼陀羅」。[155]

2008 年 9 月，星雲大師在佛光山創立福慧家園修道會，時任佛光山宗長心培和尚在《人間福報》上寫到，在大師指導下擬在傳統修持中融入說、唱、讀、演等多元方式，讓共修內容更豐富活潑，為社會大眾提供一個淨化身心、福慧雙修的道場。[156]2010 年 4 月 4 日位於佛光山的「福慧修道會」對外開放共修，並且與《人間福報》結合，於周日共修會當天就看得到報紙報導，成為發揚人間佛教實體與報紙的結合。

---

[155] 星雲大師：《星雲大師全集・第六類傳記／百年佛緣 3 社緣篇 1》（高雄：佛光出版社，2017 年），頁 254。

[156] 心培：〈對福慧家園的期許〉，《人間福報》第 8 版，2010 年 4 月 4 日。

第參章 《人間福報》組織運作

(五) 2011年02月～2012年02月 總編輯符芝瑛
　　 2012年02月～2013年06月 社長兼總編輯符芝瑛

符芝瑛曾任聯合報系《中國論壇》執行編輯、《民生報》記者、《民生報》執行編輯、《遠見雜誌》執行編輯、天下文化主任編輯等。三十多年前，符芝瑛被天下文化公司派到佛光山採訪星雲大師，1995年出版《傳燈》一書，陸續出版《雲水日月》，以全新的寫作風格創作而成。於2011年2月接受星雲大師委任擔任《人間福報》總編輯，隔年2月升任社長兼總編輯至2013年6月。

表4-11　2012年1月～2013年1月《人間福報》報紙抽樣版面

抽樣日期	特殊版面
2012年	
1/6（五）	1版奇人妙事、2版焦點、3版綜合／社區、4版國際／兩岸、5版國際／兩岸、6版教育、7版藝文、8版人間社全球活動看版、9版宗教、10版醫藥、11版投書、12版家庭、13版遇見科學、14版人文、15版副刊、16版有機新訊

文字禪堂──傳遞人間福報

1/7（六）	新聞版：A1 奇人妙事、A2 焦點、A3 綜合／社區、A4 國際／兩岸、A5 時人動態、A6 兩岸、A7 公益 & 義工、A8 運動 周六舒活：B1 樂活家、B2 蔬食園地、B3 醫藥養生、B4-5 旅遊、B6 家庭電影院、B7 動物行星、B8 福報購專刊
1/8（日）	新聞版：A1 奇人妙事、A2 焦點、A3 綜合／社區、A4 國際 / 兩岸、A5 一周看點、A6 兩岸、A7 社會觀測站、A8 福慧修道會 周日悅讀：B1 職場加油站、B2 創・藝・趣、B3 福報佛學院、B4-5 閱讀、B6 生命書寫、B7 時事英文、B8 消費新訊
2013 年	
1/4（五）	1 版奇人妙事、2 版焦點、3 版綜合／社區、4 版國際 / 兩岸、5 版國際 / 兩岸、6 版教育、7 版藝文、8 版覺世、9 版宗教、10 版醫藥、11 版投書、12 版家庭、13 版遇見科學、14 版青春 UP、15 版副刊、16 版消費新訊
1/5（六）	新聞版：A1 奇人妙事、A2 焦點、A3 綜合／社區、A4 國際／兩岸、A5 Hello People、A6 兩岸・不可不知、A7 公益 & 義工、A8 逐光獵影 周六舒活：B1 樂活家、B2 蔬食園地、B3 醫藥養生、B4-5 旅遊、B6 家庭電影院、B7 動物行星、B8 關懷專案
1/6（日）	新聞版：A1 奇人妙事、A2 焦點、A3 綜合／社區、A4 國際／兩岸、A5 一周看點、A6 兩岸・亮點人物、A7 社會觀測站、A8 福慧共修會 周日悅讀：B1 版職場加油站、B2 創意・綠生活、B3 英文・玩玩看、B4-5 閱讀、B6 生命書寫、B7 人文、B8 福報專刊

資料來源：《人間福報》歷史報紙

第參章 《人間福報》組織運作

　　星雲大師長年倡導三好運動,更盼扎根幼苗,為學校品德教育注入活水,所以時任總編輯符芝瑛開闢三好校園版,為推廣《人間福報》雙園讀報教育,2011年3月14日周一於16版首發,星雲大師為此發表〈開發真善美的品德〉文章。[157]

　　星雲大師說,欣聞《人間福報》此刻正走進校園、家園,希望「福報進校園,學子變三好」,願所有見聞這份報紙的師生及社會大眾,都能共同學習發展「身做好事,口說好話,心存好念」的「三好運動」,人人都能身體力行,就能把知識、內涵增長起來,進而把尊嚴、性格、氣質、風儀、人緣活出來,則風氣所及,必能做人有品德,做事有品質,生活有品味。

---

[157] 星雲大師:〈開發真善美的品德〉,《人間福報》第16版,2011年3月14日。

此外,星雲大師心繫國家社會,符芝瑛因此於 2011 年(民國 100 年)在《人間福報》開闢百年筆陣,在大師號召下,2011 年 5 月 15 日邀請各領域精英組成「人間百年筆陣」,[158] 由柴松林教授擔任召集人邀請 22 位社會賢達,於佛光山台北道場成立。大師表示,期待藉由《人間福報》這座媒體平台,供筆陣成員以「筆」的強大力量,帶領社會國家集體向上提升,與全民共同奮鬥「救台灣」!

---

[158] 郭書宏:〈百年筆陣寫卓見深入人間救台灣〉,《人間福報》第 5 版,2011 年 5 月 16 日。

第參章 《人間福報》組織運作

（六）2013 年 06 月～2018 年 07 月 總編輯妙熙法師
　　 2018 年 07 月～2023 年 01 月 社長兼總編輯妙熙法師
　　 2018 年 07 月～2025 年（迄今）社長

　　妙熙法師 2003 年起派到《人間福報》服務，從頭版主編做起，一路擔任編輯主任、採訪主任、副總編輯、總編輯，目前是《人間福報》兼人間通訊社社長。由於媒體工作經驗豐富，2023 年 12 月 28 日，妙熙法師當選台北市新聞記者公會第 30 屆理事長，是 1946 年創會以來首度由出家法師擔任。他擔任《人間福報》總編輯近 10 年，是在位最久的一位，期間從 2013 年 6 月至 2023 年 1 月 31 日，當中從 2018 年 7 月起擔任社長兼總編輯 5 年。

表 4-12　2014 年 1 月～2023 年 1 月《人間福報》報紙抽樣版面

抽樣日期	抽樣版面
2014 年	
1/3（五）	1 版奇人妙事、2 版焦點、3 版綜合／社區、4-5 版國際／兩岸、6 版教育、7 版藝文、8 版覺世、9 版宗教、10 版醫藥、11 版投書、12 版家庭、13 版遇見科學、14 版青春 UP、15 版副刊、16 版廣告
1/4（六）	新聞版：A1 奇人妙事、A2 焦點、A3 綜合／社區、A4 國際／兩岸、A5 Hello People、A6 兩岸不可不知、A7 公益 & 義工、A8 智富人生 周六舒活：B1 人間學堂、B2 蔬食園地、B3 醫藥養生、B4-5 旅遊、B6 家庭電影院、B7 動物行星、B8 福報購專刊
1/5（日）	新聞版：A1 奇人妙事、A2 焦點、A3 綜合／社區、A4 國際／兩岸、A5 一周看點、A6 兩岸亮點人物、A7 社會觀測站、A8 福慧共修會 周日悅讀：B1 職場加油讚、B2 創藝・綠生活、B3 英文・玩玩看、B4-5 閱讀、B6 生命書寫、B7 人文、B8 關懷專案
2015 年	
1/2（五）	1 版奇人妙事、2 版焦點、3 版綜合／社區、4-5 版國際／兩岸、6 版教育、7 版藝文、8 版佛法真義、9 版宗教、10 版醫藥、11 版投書、12 版家庭、13 版青春 UP、14 版縱橫古今、15 版副刊、16 版廣告
1/3（六）	新聞版：A1 奇人妙事、A2 焦點、A3 綜合／社區、A4 國際／兩岸、A5 Hello People、A6 兩岸不可不知、A7 社會觀測站、A8 覺世 B1 智富人生、B2 職場加油讚、B3 新知百科、B4 旅遊、B5 家

	庭電影院、B6 醫藥養生、B7 蔬食園地、B8 福報購專刊
1/4（日）	新聞版：A1 奇人妙事、A2 焦點、A3 綜合／社區、A4 國際／兩岸、A5 一周看點、A6 兩岸亮點人物、A7 公益 & 義工、A8 福慧共修會 B1 人間學堂、B2 閱讀咖啡館、B3 好書花園、B4 逐光獵影、B5 生命書寫、B6 創藝‧綠生活、B7 動物行星、B8 消費新訊
2016 年	
1/8（五）	1 版要聞、2 版焦點、3 版綜合 / 社區、4 版國際／兩岸、5 版一周國際回顧、6 版教育、7 版藝文、8 版覺世、9 版宗教、10 版醫藥、11 版論壇、12 版家庭、13 版青春 UP、14 版縱橫古今、15 版副刊、16 版消費新訊
1/9（六）	新聞版：A1 要聞、A2 焦點、A3 綜合／社區、A4 國際／兩岸、A5 Hello People、A6 兩岸‧不可不知、A7 社會觀測站、A8 覺世 B1 智富人生、B2 職場加油讚、B3 趨勢最前線、B4 旅遊、B5 家庭電影院、B6 醫藥養生、B7 蔬食園地、B8 福報購專刊
1/10（日	新聞版：A1 要聞、A2 焦點、A3 焦點、A4 國際／兩岸、A5 一周看點、A6 兩岸‧亮點人物、A7 全球視野、A8 福慧共修會 B1 人間學堂、B2 閱讀咖啡館、B3 好書花園、B4 逐光獵影、B5 生命書寫、B6 創藝‧綠生活、B7 動物行星、B8 消費新訊
2017 年	
1/6（五）	1 版奇人妙事、2 版焦點、3 版綜合、4 版國際／兩岸、5 版一周國際回顧、6 版教育 / 藝文、7 版運動曼陀羅、8 版覺世、9 版人間佛教學報‧藝文綜合版、10 版醫藥、11 版論壇、12 版家庭、13 版青春 UP、14 版縱橫古今、15 版副刊、16 版消費新訊
1/7（六）	新聞版：A1 要聞、A2 焦點、A3 綜合、A4 國際／兩岸、A5 Hello People、A6 兩岸不可不知、A7 社會觀察站、A8 覺世

文字禪堂——傳遞人間福報

		B1 人間佛教學報・藝文綜合版、B2 職場加油讚、B3 趨勢最前線、B4 旅遊、B5 家庭電影院、B6 醫藥養生、B7 蔬食園地、B8 福報購專刊
	1/8（日）	新聞版：A1 要聞、A2 焦點、A3 綜合、A4 國際／兩岸、A5 一周看點、A6 兩岸亮點人物、A7 全球視野、A8 福慧共修會 B1 人間佛教學報・藝文綜合版、B2 閱讀咖啡館、B3 好書花園、B4 逐光獵影 B5 生命書寫、B6 創意・綠生活、B7 動物行星、B8 消費新訊
2018 年		
	1/5（五）	1 版要聞、2 版焦點、3 版綜合、4 版國際／兩岸、5 版一周國際回顧、6 版教育／藝文、7 版運動曼陀羅、8 版覺世／宗教、9 版人間佛教學報・藝文綜合報、10 版醫藥、11 版論壇、12 版家庭、13 版青春 UP、14 版縱橫古今、15 版副刊、16 版新訊
	1/6（六）	新聞版：A1 要聞、A2 焦點、A3 綜合、A4 國際／兩岸、A5 Hello People、A6 兩岸不可不知、A7 社會觀察站、A8 覺世／宗教 B1 人間佛教學報・藝文綜合版、B2 職場加油讚、B3 趨勢最前線、B4 旅遊、B5 家庭電影院、B6 醫藥養生、B7 蔬食園地、B8 新訊
	1/7（日）	新聞版：A1 要聞、A2 焦點、A3 綜合、A4 國際／兩岸、A5 一周看點、A6 兩岸亮點人物、A7 全球視野、A8 福慧共修會 B1 人間佛教學報・藝文綜合、B2 閱讀咖啡館、B3 好書花園、B4 英文・好好玩 B5 生命書寫、B6 創意・綠生活、B7 動物行星、B8 新訊
2019 年		
	1/4（五）	1 版要聞、2 版焦點、3 版綜合、4 版國際／兩岸、5 版一周國

第參章 《人間福報》組織運作

	際回顧、6 版教育／藝文、7 版運動曼陀羅、8 版覺世／宗教、9 版人間佛教學報・藝文綜合版、10 版醫藥、11 版論壇、12 版家庭、13 版青春 UP、14 版縱橫古今、15 版副刊、16 版新訊
1/5（六）	新聞版：A1 要聞、A2 焦點、A3 綜合、A4 國際／兩岸、A5 Hello People、A6 兩岸不可不知、A7 環保芬多精、A8 覺世／宗教 B1 人間佛教學報・藝文綜合版、B2 幸福多一點、B3 趨勢最前線、B4 旅遊、B5 家庭電影院、B6 醫藥養生、B7 蔬食園地、B8 新訊
1/6（日）	新聞版：A1 要聞、A2 焦點、A3 綜合、A4 國際／兩岸、A5 一周看點、A6 兩岸亮點人物、A7 全球視野、A8 福慧共修會 B1 人間佛教學報・藝文綜合版、B2 閱讀咖啡館、B3 好書花園、B4 逐光獵影 B5 生命書寫、B6 創意・綠生活、B7 動物行星、B8 新訊
2020 年	
1/3（五）	1 版要聞、2 版焦點、3 版焦點、4 版國際／兩岸、5 版一周國際回顧、6 版教育／藝文、7 版運動曼陀羅、8 版覺世／宗教、9 版人間佛教學報・藝文綜合報、10 版醫藥、11 版家庭、12 版趣味多腦河、13 版青春 UP、14 版縱橫古今、15 版副刊、16 版新訊
1/4（六）	新聞版：A1 要聞、A2 焦點、A3 焦點、A4 國際／兩岸、A5 趨勢最前線、A6 兩岸不可不知、A7Hello People、A8 覺世／宗教 B1 人間佛教學報・藝文綜合版、B2 幸福多一點、B3 環保芬多精、B4 旅遊、B5 家庭電影院、B6 醫藥養生、B7 蔬食園地、B8 新訊
1/5（日）	新聞版：A1 要聞、A2 焦點、A3 綜合、A4 國際／兩岸、A5 一周看點、A6 兩岸亮點人物、A7 全球視野、A8 法寶講座

	B1 人間佛教學報‧藝文綜合版、B2 閱讀咖啡館、B3 好書花園、B4 逐光獵影、B5 生命書寫、B6 創意‧綠生活、B7 動物行星、B8 消費新訊
2021 年	
1/8（五）	1 版要聞、2 版焦點、3 版綜合、4 版國際／兩岸、5 版一周國際回顧、6 版教育／藝文、7 版運動曼陀羅、8 版覺世／宗教、9 版人間佛教學報‧藝文綜合報、10 版醫藥、11 版家庭、12 版趣味多腦河、13 版青春 UP、14 版縱橫古今、15 版副刊、16 版新訊
1/9（六）	新聞版：A1 要聞、A2 焦點、A3 綜合、A4 國際／兩岸、A5 趨勢最前線、A6 兩岸不可不知、A7 Hello People、A8 福報佛學院 B1 人間佛教學報藝文綜合版、B2 職場加油讚、B3 人間善友、B4 旅遊、B5 家庭電影院、B6 醫藥養生、B7 蔬食園地、B8 新訊
1/10（日）	新聞版：A1 要聞、A2 焦點、A3 綜合、A4 國際／兩岸、A5 一周看點、A6 兩岸亮點人物、A7 全球視野、A8 法寶講座 B1 人間佛教學報‧藝文綜合板、B2 閱讀咖啡館、B3 好書花園、B4 逐光獵影 B5 生命書寫、B6 創意‧綠生活、B7 動物行星、B8 新訊
2022 年	
1/7（五）	1 版要聞、2 版焦點、3 版綜合、4 版國際／兩岸、5 版一周國際回顧、6 版教育／藝文、7 版運動曼陀羅、8 版覺世／宗教、9 版人間佛教學報‧藝文綜合報、10 版醫藥、11 版家庭、12 版趣味多腦河、13 版青春 UP、14 版縱橫古今、15 版副刊、16 版新訊
1/8（六）	新聞版：A1 要聞、A2 焦點、A3 綜合、A4 國際／兩岸、A5 趨勢

	最前線、A6 兩岸不可不知、A7Hello People、A8 福報佛學院 B1 人間佛教學報‧藝文綜合版、B2 職場加油讚、B3 人間善友、B4 旅遊、B5 家庭電影院、B6 醫藥養生、B7 蔬食園地、B8 新訊
1/9（日）	新聞版：A1 要聞、A2 焦點、A3 綜合、A4 國際／兩岸、A5 一周看點、A6 兩岸亮點人物、A7 全球視野、A8 法寶講座 B1 人間佛教學報‧藝文綜合板、B2 閱讀咖啡館、B3 好書花園、B4 逐光獵影 B5 生命書寫、B6 創意‧綠生活、B7 動物行星、B8 新訊
2023 年	
1/6（五）	1 版要聞、2 版焦點、3 版綜合、4 版國際／兩岸、5 版一周看點、6 版教育/藝文、7 版運動曼陀羅、8 版覺世/宗教、9 版人間佛教學報‧藝文綜合版、10 版專輯、11 版家庭、12 版趣味多腦河、13 版青春 UP、14 版縱橫古今、15 版副刊、16 版新訊
1/7（六）	新聞版：A1 要聞、A2 焦點、A3 綜合、A4 國際／兩岸、A5 趨勢最前線、A6 兩岸不可不知、A7Hello People、A8 福報佛學院 B1 人間佛教學報‧藝文綜合版、B2 職場加油讚、B3 人間善友、B4 旅遊、B5 家庭電影院、B6 醫藥養生、B7 蔬食園地、B8 新訊
1/8（日）	新聞版：A1 要聞、A2 焦點、A3 綜合、A4 國際／兩岸、A5 一周看點、A6 兩岸亮點人物、A7 全球視野、A8 法寶講座 B1 人間佛教學報‧藝文綜合版、B2 閱讀咖啡館、B3 好書花園、B4 逐光獵影、B5 生命書寫、B6 創意‧綠生活、B7 動物行星、B8 新訊

資料來源：《人間福報》歷史報紙

文字禪堂──傳遞人間福報

妙熙法師擔任總編輯時，秉持星雲大師所囑咐的弘法服務精神，開闢特色版面有：2016 年 1 月 19 日將 9 版宗教，改為「人間佛教學報・藝文綜合版」，從星期一到星期日刊登星雲大師系列文章。創設此版面源自星雲大師於 2016 年 1 月 16 日創辦《人間佛教學報、藝文》雙月刊，大師在〈發刊緣起〉中提及，創辦此學報適逢 2016 年佛光山開山 50 周年，以此做為紀念。並說明刊物除了學術性專文外，還有散文、小說、報導文學等各種體裁，以發揚「佛說的、人要的、淨化的、善美的」人間佛教精神。[159] 第一期中收錄二篇星雲大師文章，分別是：〈我對人間佛教的體認〉、〈人間佛教回歸佛陀本懷・一、總說〉以及一篇星雲大師【一筆字・紙上展】〈做人二十要〉。與此同時，《人間福報》同步在「人間佛教學報・藝文綜合版」刊登「人間佛教回歸佛陀本懷」系列文章，開啟從周一到周日在福報上每天都在此版中刊登大師文章，至 2024 年 6 月都不曾中斷，以宣揚大師人間佛教思想。

---

[159] 星雲大師：〈發刊緣起〉，《人間佛教學報、藝文》雙月刊第一期，2016 年 1 月 16 日，頁 II。

《人間福報》自 2010 年起推廣讀報教育,為讓老師教學有教材,學子能吸收新知,2019 年 10 月 1 日起推出科普新知為主的「趣味多腦河」版面,透過種種大自然現象及科學探索,以深入淺出的鋪陳,引發學生興趣與信心,讓他們感受到嚴肅的科學也能如此有趣,進一步教導他們探討任何科學現象時候,先養成三思的習慣,以及詢問老師及同學們看法,並懂得尋找資料,以探詢正確答案。

2019 年全球新冠疫情爆發,讓世人更重視地球問題,為推廣蔬食、環保、愛地球,妙熙法師增闢「蔬福生活」版面,以蔬食、健康、養生,打造綠色友善的地球環境,希望讀者能達到身心靈的平衡與美善,並重視地球。星雲大師提過環保與心保,最大的環保就是心,包括思想、觀念、語言、心意的淨化。[160]

---

[160] 星雲大師:《星雲大師全集・第一類經義/佛法真義 2》(高雄:佛光出版社,2017 年),頁 215-217。

文字禪堂——傳遞人間福報

　　佛教講因果，星雲大師也曾對報社員工說過，社會新聞不是不能報，而是要報導因果關係，讓世人有所啟發。因此開闢「因緣果報」版面，作者平禾是一位主跑司法線的記者，他將多年採訪收集的真人真事，以小說筆法書寫而成，讓人閱讀後深受啟發。

　　另外，也增加國際新聞，掌握全球脈動，提供最精要的訊息，其他諸如一周看點、人間學堂等，以多元、豐富內容饗宴讀者。妙熙法師多年來秉持創辦人星雲大師理念，非佛不作，以蔬食、環保、愛地球，充實《人間福報》內容，落實佛光山以文化弘揚佛法的目標。

小結

　　綜合上述分析，有以下 13 點分析《人間福報》新聞文本特色框架，以及和他報的不同之處。

　　（1）**星雲大師文章**：《人間福報》是佛教界創辦的第一份日報，意義非凡，目的與宗旨無非弘法服務，意即弘揚人間佛教，服務廣大閱聽眾，所以，宗教類版面就是《人間福報》的核心，弘揚人間佛教也是佛光山開山祖師星雲大師的願力，所以大師文章就

是《人間福報》的靈魂，大師在報上每天刊登專欄，提供閱聽眾寶貴的精神食糧。專欄舉例，參見表 4-13：

表 4-13　　星雲大師在《人間福報》發表專欄概要

專欄名稱	內容大綱
迷悟之間	星雲大師以人間佛教真理讓眾生破迷開悟。
佛光菜根譚	星雲大師以生活佳句開啟人間佛教人生觀。
星雲法語	星雲大師以人間佛教法語點撥人生大智慧。
人間萬事	星雲大師以人間佛教論述世間萬事大道理。
佛光祈願文	星雲大師以人間佛教至誠心祈願眾生離苦得樂。
星雲禪話	星雲大師以人間佛教禪門話開釋見性之道。
星雲說偈	星雲大師以古人詩偈解說人間佛教之法理。
星雲說喻	星雲大師以人間佛教譬喻故事開解人生癥結。
貧僧有話要說	星雲大師以自己一生的心得演說人間佛教。
慈悲思路‧兩岸出路——台灣選舉系列評論	星雲大師以人間佛教慈悲心關懷台灣選舉與兩岸發展。
往事百語	星雲大師以一句話開啟人間佛教心靈寶藏。
人間佛教‧回歸佛陀本懷	星雲大師以佛陀初心本願來總結人間佛教。

資料來源：研究者設計製表

文字禪堂──傳遞人間福報

表 4-14　　　　　　　　星雲大師文章案例

案例版面

資料來源：《人間福報》歷史報紙

時間：2000 年 4 月 1 日
版面：1 版奇人妙事
內容：《人間福報》創刊當天頭版，福報要為傳播媒體注入一股清流，創辦人星雲大師囑咐福報要成為一份另類的報紙。凡是平民百姓的善行義舉、溫馨故事都是報導的重點，是一份「大眾的報紙」。
創刊當天頭版開始刊登星雲大師專欄文章「迷悟之間」，這是大師以人間佛教真理讓眾生破迷開悟，宗教類新聞開始在媒體頭版等版面每天見報，由大師文章打頭陣，以宣揚人間佛教為宗旨，盼能帶來祥和社會，促進宗教融和，24 年來《人間福報》始終如一，大師文章已成為福報靈魂，盼能讓善美淨化人間。

至於報紙上的人間佛教學報藝文版面，都是大師的文章，包括隨堂開示錄、佛法眞義等，皆在人間佛教的範疇之內，以佛法來解說生活中的道理，乃至於世間萬法眞相，這是大師以身教、言教來闡述佛法在世間，不離世間覺的眞理。

　　2000 年，《人間福報》創立了，星雲大師將 1962 年接手主編的《覺世旬刊》轉由《人間福報》接續發行，《人間福報》的副刊就叫「覺世副刊」，[161] 之後轉爲覺世版，以刊登佛光山新聞爲主。覺世宗教版面主要報導佛光山、分別院及佛光會等單位新聞，以及佛教界動態等，最特殊的還包括道教、天主教、基督教、伊斯蘭教等非佛教團體訊息，這是大師心願，除了弘揚人間佛教，也希望促成宗教融和，讓各教之間和諧互助，爲人間帶來祥和。總之，宗教類版面內容及特色是《人間福報》獨有，其他媒體少有，更是佛教二千多年來弘法的燈塔，受到教界矚目與敬重。參見表 4-14。

---

[161] 星雲大師：《星雲大師全集・第一類經義／佛教管理學 3／弘法系列》（高雄：佛光出版社，2017 年），頁 19。

文字禪堂──傳遞人間福報

表 4-15　　　　　　　　奇人妙事趣味案例

時間：2015 年 1 月 6 日

版面：1 版奇人妙事

內容：〈忠犬小黃救主 2 次〉這則新聞描述電影《忠犬小八》守護主人的故事在現實生活中真實上演，當時一名 85 歲失智老翁在花蓮住家附近走失 30 小時，這段期間，家裡飼養的小黃狗忠心陪伴著他，直到警方尋獲老人。這隻小黃狗更在 9 年前發現失智老人的妻子跌落水溝，當場狂吠，向路過民眾求援，讓老人妻子得救，小黃狗 2 度救主，可說是這對老夫妻的救命恩狗，狗兒忠心及機靈表現，令人嘖嘖稱奇。

資料來源：
《人間福報》歷史報紙

（2）奇人妙事趣味：

《人間福報》是首份將奇人妙事放在頭版的報紙，且是每天刊登，這奇妙安排是星雲大師獨創巧思，大師回想創刊之初，大部分關心他的人，都為頭版規畫為「奇人妙事」而感不解；有的是因為全球的報紙都一樣，頭版放的一定是關乎政治、社會、財經等的重大新聞，如果不跟著「主流」走，何以生存？有的則是認為，即使一天兩天有奇人妙事，但時間久了哪來那麼多奇人妙事？這樣的規畫難免有開天窗之虞。

關於這些疑慮，大師說：我從來也不擔心。世界各地也留下許多文明史上無法解開的謎團：金字塔的構造，隱藏了精準的天文數字；那茲卡大平原上，刻劃著連現代人也無法完成的超大圖案；英國麥田怪圈，始終是人們好奇的圖騰……三千法界，存在著薄地凡夫意想不到的種種現象，只待我們用心去體會。這些體會，啟迪了「奇人妙事」的發想。[162] 自創刊以來，將近 24 年，奇人妙事刊登從未間斷。參見表 4-15。

---

[162] 釋妙蘊編著：《奇人妙事》（台北：福報文化，2005 年 8 月），頁 4-6。

文字禪堂──傳遞人間福報

表 4-16　　　　三好感人新聞案例

案例版面

時間：2020 年 5 月 19 日
版面：1 版奇人妙事
內容：頭版報導愛心里長夫妻送餐 27 年，很難想像，這對里長夫妻當初一念善心，開設愛心廚房，為弱勢老人送餐，一做就是 27 年，且不管是刮風下雨，還是假日，讓老人每天都能吃上熱騰騰的飯菜，送餐範圍更不分里內外，甚至跨到別的行政區，他們的堅持，觸發了街友善念，也加入送餐行列，這份感動，吸引更多人參與，每天 800 份餐點，溫暖了 800 位弱勢者的心，此外，他們還開辦弱勢兒少課輔班，讓貧困家庭孩子也能接受課後輔導，父母也能專心工作，無後顧之憂。

資料來源：
《人間福報》歷史報紙

（3）三好感人新聞：

所謂三好，做好事、說好話、存好心，是《人間福報》所強調的理念，這也反映在重視感人溫馨故事上的報導，且最重要的頭版就常刊登，這都是其他媒體所少有的。

例如，2020 年 5 月 19 日頭版報導，新北市新莊區陳專森、潘素娥夫婦接續擔任雙鳳里長 36 年，攜手辦愛心廚房 27 年，更感化一名 67 歲的街友，加入送餐義工行列。再如於 2020 年 5 月 24 日在頭版報導，執教 20 多年的英文老師劉珺綾，多年前確診漸凍症後，沒放棄教學志願，扛著病體繼續教學 5 年。

漸凍人協會將她人生的最後一堂課，拍攝成《送給孩子們的最後一堂課》紀錄片，劉珺綾明白 12 年國教課綱上路後，無法再勝任老師，以自己的病體為教材，教導學生如何以正念助人。以上兩則頭版獨家新聞都是感人故事，且日期才相差 3 天，可見頻率之高。參見表 4-16。

文字禪堂──傳遞人間福報

表 4-17　　　　　　　　佛光山佛光會事業案例

時間：2020 年 1 月 2 日
版面：8 版覺世／宗教
內容：國際佛光會中華總會在佛光山佛陀紀念館，舉辦佛化婚禮，來自日本、馬來西亞、美國、韓國以及台灣各地近 50 對新人走過紅毯，共結連理，並和 208 對菩提眷屬在大覺堂的佛陀座前，參加「百年好合──佛化婚禮暨菩提眷屬祝福禮」。
典禮由佛光山住持心保和尚擔任證婚人，國際佛光會榮譽總會長吳伯雄伉儷為主婚人，總會長趙怡伉儷為介紹人，副總會長劉招明伉儷及佛光會理監事等 21 對夫妻代表菩提眷屬宣誓，共同見證愛情的幸福與堅貞。

資料來源：
《人間福報》歷史報紙

(4) 佛光山佛光會事業：

《人間福報》8版「覺世／宗教」，專版報導佛光山及海內外分別院舉辦的藝文展覽、佛學演講、社福救助等活動，讓海內外信眾知道活動的宗旨、意義、成果，展現人間佛教實踐的成果。同時，報導國際佛光會新聞，佛光會在海內外有百萬成員，分布五大洲，發揮人間佛教的精神，如佛教交流、神明聯誼、佛化婚禮、童軍活動、國內外賑災興學、禪淨法會等佛教弘揚活動。甚至成為人間通訊社的義工記者，在各地協助發稿。

因為星雲大師重視教育，對於佛光體系學校，包括在台灣的佛光大學、南華大學、普門中學等，以及海外的南天大學、光明大學，更是《人間福報》報導重點，如招生、學術會議、佛光盃等體育賽事，以及校園新聞等，都派有專門教育及體育線記者報導。參見表4-17。

文字禪堂——傳遞人間福報

表 4-18　　　　　生命書寫心靈案例

案例版面

時間：2022 年 1 月 2 日
版面：B5 版生命書寫版
內容：作家林少雯撰寫〈緬懷豐一吟阿姨二三事〉，豐一吟是中國漫畫之父、文學大師豐子愷最小的女兒。曾任職上海社科院，是位文史研究者，也是作家、翻譯家和畫家，豐一吟繼承父志，一生弘揚弘一大師和豐子愷共同創作的《護生畫集》，林少雯因為論文研究《護生畫集》而與豐一吟結緣。
林少雯回憶與豐一吟多年的互動，發現她慈悲為懷，呼籲眾生平等、生命寶貴，最終以 92 歲高壽往生，林少雯以感恩的心書寫豐一吟的生命故事，細膩文筆，令人感動，也增添生命書寫版的光輝。

資料來源：
《人間福報》歷史報紙

（5）生命書寫心靈：

人生無常，生命有喜有悲，每個人不論貧富尊卑，或許就是一篇篇感動人心的故事，《人間福報》從 2008 年開闢生命書寫版，由讀者投稿來訴說逝者的生命故事，藉此抒發心情、省思生命，分享生命的正能量。

這是其他媒體所沒有的創舉，尤其，談死亡是民間禁忌，媒體大都迴避，唯獨福報特闢版面，讓逝者故事或生命感觸得以分享給讀者，因為每個人遲早會來到生命終點，如何以正確人生觀來看待，可說是一生最大課題。

該版文章除了可讓人了解他人對待死亡的態度，也可以透過墓誌銘、追思文，甚至別出心裁的、具幽默感的訃聞，來勾寫生命裡最後的揮別。佛家將死亡稱為「往生」——往更美的地方去重生，往更解脫的境界去長生。參見表 4-18。

文字禪堂——傳遞人間福報

表 4-19　　　　　新聞客觀公正案例

時間：2022 年 10 月 15 日
版面：4 版國際／兩岸
內容：該版刊登「台海避戰，美中台不跨三紅線」新聞，文中敘述華府五大「中國通」聯合投書「外交事務」期刊，建議台海避戰之道。
專文主張，要避免台海戰爭，台、美、中三方都有不可跨越的紅線。台灣在最低程度不可宣布獨立；華府不可承認台灣獨立或與台灣恢復邦交；北京不可武統台灣。不過光是讓三方知道跨越紅線的後果還不夠，必須獲得不跨越紅線絕不會嚴重損害其利益的保證。
這則國際新聞讓讀者深入了解台海危機的真相，並點出化解問題的方向，令人深思。

資料來源：
《人間福報》歷史報紙

（6）新聞客觀公正：

《人間福報》報導政治、經濟新聞，秉持客觀公正原則，不分藍綠、黨派，只要對國家社會及廣大群眾有益的政經、民生新聞，都能刊登在頭版要聞、二版焦點及三版綜合等，但杜絕政治口水、肢體語言暴力，所以在選材上格外慎重，避免落入黨派紛爭，雖然是佛教創辦報紙，但關心國家大事不落人後。

至於兩岸及國際新聞也是報導的重點內容，且每天在第四版國際／兩岸刊登一整版，《人間福報》以簽約付費方式合法取用世界三大通訊社的國際外電新聞及照片，包括美聯社、法新社及路透等，新聞品質受到多國新聞單位肯定。

另外，基於兩岸同文同種，中國大陸新聞訊息也是報導焦點，常會參考新華社等大陸媒體新聞。在兩岸及國際新聞選材上，《人間福報》秉持客觀中立，例如中美貿易戰，編輯部選材會達到新聞平衡原則，以不同角度內容，讓外界一窺新聞真相。參見表4-19。

文字禪堂──傳遞人間福報

表 4-20　社論建構正義案例

案例版面

時間：2022 年 5 月 5 日
版面：2 版焦點
內容：社論「蒼生無奈，哀哀求救」，文中一開頭提到新冠疫情發生後，世界會如何演變？如今世界的疫情逐漸緩和，但台灣卻進入最危險的時刻。

這篇社論一針見血論述台灣防疫的亂象，以及政府荒腔走板的做法，讓台灣陷入危險之中。而且還明白點出國家對防疫資源的掌控，已變成是一種對人民生存的控制手段，從口罩、疫苗到快篩檢測，都是一樣的思惟。政府以此控制人民，甚至甘心讓人民排隊受苦。即時反應民情。

資料來源：
《人間福報》歷史報紙

（7）社論建構正義：

《人間福報》社論代表報社立場，秉持客觀、公正、公平、正義等原則，每天刊登在二版焦點的固定版面，由柴松林教授擔任總主筆，他為台灣社會運動先驅，致力於台灣人權與消費者保護，為消費者文教基金會創辦人之一，現任第一社會福利基金會董事、環境與發展基金會董事長。

柴松林帶領一群專家學者為社論貢獻心力，每天一篇社論針砭時事，社論作者群有些是資深媒體人，有些是經濟學者、大學校長等，他們都是各領域佼佼者，以就事論事態度評論時事，不誇大不實，也不譁眾取寵，面對不公義或重大事件，總能一針見血點出問題癥結，盼能為國家社會提供解方。

另外，第五版的「看人間」專欄，也網羅業界精英主筆，內容廣闊，舉凡政經要聞、旅途見聞、文化議題、運動風潮，還是民生需求、心靈體悟等，都可是撰稿方向，看人間專欄述說世間萬事萬物，為人間佛教提供善美文章。參見表 4-20。

文字禪堂──傳遞人間福報

表 4-21　　　　　開拓國際前瞻視野案例

案例版面

時間：2023 年 1 月 14 日
版面：A5 版趨勢最前線
內容：「史前人類 DNA，超級細菌剋星」文中提到，研究人員近來正在破解史前人類尼安德塔人（Neanderthals）及丹尼索瓦人（Denisovans）的基因，希望找出原本已經滅絕的殺菌蛋白，幫助人類對抗細菌感染，包括一些具抗藥性的超級細菌。
研究團隊利用演算法在人體找到數十種潛在的抗菌肽。富恩特的團隊利用人工智慧，模擬現代人類的酶切割蛋白（cleave proteins），如何把古代基因碼中的蛋白質切割成肽，並研判其抗菌能力，目前已經發現近 70 種古代肽。抗藥性超級細菌嚴重威脅人類健康，專家正尋找對抗方法。
資料來源：
《人間福報》歷史報紙

182

（8）開拓國際前瞻視野：

除每日的國際兩岸新聞類版面，在靜態版還有趨勢最前線，提供科學、醫療、流行文化等國際新知，具有國際觀、前瞻概念。至於全球視野版，有來自許多國家的樂活妙方、強化身心、自由塗鴉、科技 AI 等報導，讓讀者了解不同國家的風俗民情、醫療見解、生活態度等。

另外，兩岸亮點人物大篇幅介紹中國大陸人物，如產業界、教育界、舞蹈、藝術等領域的翹楚，讓他們述說自己成功祕方、人生觀，不僅能增進兩岸人民互相了解以及文化認知，更能避免隔閡與歧見。

Hello people 版面，報導生活智人、趨勢人物、經典人物、Herstory 等專題人物，例如女性戰地記者勇敢一面；神經科學家揭示身心一體背後的科學；藝術家神來一筆，點亮大千世界。參見表 4-21。

文字禪堂──傳遞人間福報

表 4-22　運動弘法報導案例

案例版面

時間：2022 年 11 月 11 日
版面：7 版運動曼陀羅
內容：專題報導 2022 卡達世界盃足球賽，文中提到在賽事倒數 9 天，令人興奮同時也感傷的是，過去 15 年足壇最偉大的兩名球星梅西（Lionel Messi）與「C 羅」羅納度（Cristiano Ronaldo），雖都會在世足亮相，但這也可能是兩人最後一屆世足。
專題報導先從梅西和 C 羅的傳奇故事說起，再談葡萄牙看板球星 C 羅的故事，二位都是當今世界紀錄保持人。

資料來源：
《人間福報》歷史報紙

第參章 《人間福報》組織運作

（9）運動弘法報導：

　　《人間福報》長年耕耘體育新聞，不僅有專業體育記者針對重大賽事，平常在第六版刊登體育即時新聞，更闢有運動曼陀羅版面，定時以全版報導國內外體育焦點。

　　尤其，佛光山重視體育弘法，除成立三好體育協會，籌辦佛光盃等賽事活動。更在佛光體系學校成立籃球、棒球、足球等校隊，每年參加 HBL、UBA 等全國賽事，並透過《人間福報》追蹤報導，帶起青少年運動風潮，藉此增加學佛人口，傳遞人間佛教理念。在其他三大報體育版面逐年縮小及裁撤體育組編制情況下，《人間福報》反而增加多名體育記者，更在版面上以最專業的報導，呈現給讀者。參見表 4-22。

文字禪堂──傳遞人間福報

表 4-23　　　　　　　讀報教育科普案例

案例版面

時間：2022 年 10 月 21 日
版面：12 版趣味多腦河
內容：這篇介紹專家解說太陽壽命還有多少？專家說，太陽現在的壽命換算成人類的歲數，相當於 45、46 歲左右，這正是人類身強體壯的時期。太陽的實際年齡是 46 億歲，理論上來說，它會持續發光發熱到大約百億歲，只是並沒有確切證據來證明它可一直穩定維持相同的亮度。

資料來源：
《人間福報》歷史報紙

186

第參章　《人間福報》組織運作

（10）讀報教育科普：

　　《人間福報》以弘揚人間佛教為職志，配合佛光山推廣三好運動，做好事、說好話、存好心，且重視從小扎根，因此在校園推動讀報教育，開闢教育藝文版，設置教育線及藝文線記者，報導教育政策、升學考試、校園新聞、文化政策、藝文人物、藝文場館活動等，更有一群學養豐富的義工在校園、社團推廣讀報活動，《人間福報》杜絕羶色腥新聞，報導真善美文章及故事，受到百餘所學校響應與肯定，成為三好校園，加入讀報教育行列，盼能提升學生的品德教育，以及語文能力，這是《人間福報》特色及優勢。

　　此外，《人間福報》也在靜態版開闢趣味多腦河、青春UP、少年天地等版面，除了讓專家學者介紹科普新知，也向學生徵稿，讓他們有機會在報紙發表文章及看法，藉此訓練文筆，提升科學素養，受到師生歡迎。參見表4-23。

文字禪堂 —— 傳遞人間福報

表 4-24　　　　文學歷史素養案例

案例版面

時間：2022 年 2 月 16 日
版面：14 版縱橫古今
內容：頭題刊登「百元鈔券上的中山樓」，目前流通的新台幣百元鈔券正面，印製國父孫中山先生肖像，鈔券背面那棟氣勢雄偉的建築物，就是座落在陽明山上的中山樓。

文中提到中山樓是紀念國父誕辰百年而建造，在入口牌樓鐫刻孫中山先生墨蹟「大道之行」，內部設計皆以百為數，例如一至三樓階梯總數一百階，左右扶手頂上的大理石壽桃各一百顆，顯見設計巧思。透過這則文章，讓讀者一窺中山樓當年興建過程、獨特設計，也見證國民大會消長，文史能以古鑑今，令人緬懷過去那一段美好時光，並成為今人借鏡。

資料來源：
《人間福報》歷史報紙

188

第參章 《人間福報》組織運作

(11) 文學歷史素養：

《人間福報》是份充滿文學氣息的報紙，善用文學來弘揚人間佛教，例如：副刊提供讀者徜徉文學的空間，以及培養文采的機會。目前《人間福報》副刊的內容與質量厚實，沒有羶色腥新聞擠壓下，文學永遠是《人間福報》的骨幹，滋養廣大的讀者群。

至於歷史類更是《人間福報》讀者的資糧，在浩瀚時空，孕育很多史學，且佛教創立已經二千多年，佛教歷史更是弘法的好素材，因此，《人間福報》開闢縱橫古今、好書花園、閱讀咖啡館等版面，讓讀者一覽文史類好文章，以古鑑今，培養讀者文學素養。參見表 4-24。

文字禪堂──傳遞人間福報

表 4-25　創意生活綠能案例

案例版面

時間：2023 年 6 月 7 日

版面：11 版家庭

內容：頭題刊登「讓孩子刻意練習」，「刻意練習」（Deliberate Practice）指刻意挑戰自己不足之處，同時磨練自己的弱點。針對孩子而言，則是引導他們在挫折感中重新面對挑戰，並且找到方法，一而再、再而三的演練，終至達標。

「刻意練習」不是要孩子按照家長規定來埋頭苦學，相反地，這其中是有許多自發性、樂趣性和成長性。而且是動靜皆宜，讓孩子找到持續的、好玩的、自動自發的學習，因為是自己想要，所以爸媽可不用三催四請了。家庭版文章讓父母及孩子認識刻意練習，激發孩子潛能，找出學習方法。

資料來源：
《人間福報》歷史報紙

（12）創意生活綠能：

　　《人間福報》是份適合全家人閱讀的報紙，因此，家庭版受到讀者喜愛，尤其，家庭主婦周旋柴米油鹽之餘，也能從家庭版吸取新知，以及經營家庭之道，例如婆媳、夫妻、親子之間，如何維持倫理、和諧相處，共同維護幸福的家庭，這也是人間佛教所重視的基礎，因為有好的家庭，無後顧之憂，才能有學佛的機會。

　　此外，花草樹木能增添生活色彩，《人間福報》開闢創意綠生活版面，帶領讀者一探綠意盎然的環境，例如介紹大花假虎刺等少見植物，讓讀者了解草木堪為友，能為身心健康帶來益處，這也是特有的專版，遠優於其他三大報零散而沒有固定版面的報導。參見表 4-25。

文字禪堂——傳遞人間福報

表 4-26　　吃蔬食愛地球案例

時間：2022 年 7 月 11 日
版面：10 版蔬福生活
內容：刊登「銀髮族健康蔬食生活」，台灣已步入高齡社會，銀髮族的飲食健康也成為備受關注的議題，當蔬食風潮席捲國內外，高齡朋友該如何開啟健康的蔬食生活？
文中建議，為長者準備食物，不妨提高植物性蛋白質的攝取，以便降低肉類食品的需求。事實上，蛋白質來源除了蛋與肉類，植物性食物中的大豆、花生也富含蛋白質，被用來製作豆腐的黃豆，就含有豐富優良的蛋白質、多元不飽和脂肪、卵磷脂和膳食纖維，可讓人獲得多種重要營養成分。

資料來源：
《人間福報》歷史報紙

(13) **吃蔬食愛地球：**

《人間福報》倡導蔬食、環保、愛地球，蔬食不僅彰顯佛教不殺生的慈悲，對於身心健康也有莫大助益，因此開闢「蔬福生活」、「蔬食園地」等版面，介紹蔬食菜餚的營養成分、口味及烹調祕訣，以及坊間的蔬食餐廳特色等，除了鼓勵讀者多食用蔬食，常保健康，並支持業者經營下去。

尤其，在新冠疫情期間，蔬食業者生意難免下滑，甚至面臨經營危機，《人間福報》報導幫助他們繼續走下去，不僅達到環保意義，又能愛護地球。總之，蔬食類版面是《人間福報》獨有，其他報紙所闕如的，也是媒體善盡社會責任的表現。參見表4-26。

文字禪堂——傳遞人間福報

表 4-27　佛教理念廣告案例

案例版面

時間：2020 年 6 月 6 日

版面：B8 版新訊

內容：這版廣告包括佛光山台北道場的「EQ 達人禪修夏令營」，透過暑期夏令營，讓小朋友從遊戲中體驗禪修，靜下心來，提升專注力，啟發心靈的力量。另外，還有日月光集團的企業形象廣告，廣告宗旨為推動綠色企業，貫徹永續經營。

《人間福報》慎選廣告主，例如台北道場刊登廣告訊息，讓小朋友體驗禪修妙用，另外，日月光集團更是佛光山大功德主，其廣告內容是推動綠色企業，與福報的蔬食、環保、愛地球理念相符，也是人間佛教涵蓋的範疇。

資料來源：
《人間福報》歷史報紙

194

（14）佛教理念廣告：

報紙要經營下去，必須仰賴廣告等收入，但《人間福報》愼選廣告主，廣告內容包括佛學活動、法會，以及商品購物等具有佛教理念的廣告，由於報社設有福報購網站，提供優質商品，並獲得很多優良廠商支持，這些廠商有些是佛光山功德主、信眾，他們秉持信念，堅持品質，獲得消費者青睞，也間接幫助報社永續經營。參見表4-27。

第四節 消息來源

組織文化中的宗旨、精神、性格等抽象思考是影響《人間福報》的主要框架，抽象思考也會協助組織成員選擇詮釋資料，和決定組織對新聞媒體的來往策略。[163] 由此影響下，來探討《人間福報》新聞的消息來源，在此之前先討論數位轉型，因為福報除紙本外，許多相同的內容，也同步成為網路新聞，有紙本的延續性，其特性分析如下：

一、數位轉型

數位時代來臨，從 2019 年起，《人間福報》成立數位部後，逐漸從紙本新聞匯入網站成為隔天的數位新聞，轉為以當日即時新聞為優先、後發紙本新聞的方針，以滿足讀者的即時閱讀習慣。

---

[163] 臧國仁：《新聞媒體與消息來源》（台北：三民書局股份有限公司，1999 年），頁 223-224。

這調整的過程中，更強調新聞的即時性，因而在編輯和記者的消息來源、作業流程和題材上做了那些調整？是否仍堅持《人間福報》辦報的新聞理念？

數位部成立時間從 2019 年 5 月 1 日至今，歷經各種轉型的歷程。本研究設計問題參見表 4-28：

表 4-28　《人間福報》數位轉型訪談題目

1. 《人間福報》數位化後，是否仍持續宣揚創辦人星雲大師人間佛教的核心思想？如何呈現？
2. 數位轉型後，記者和數位編輯的消息來源如何取得？與紙本是否有差異性？其相同點和差異點為何？
3. 因應數位轉型，記者和編輯在新聞常規，如人員安排、發稿時間、審稿順序等，是否有所調整？
4. 數位轉型後，更加凸顯即時新聞的重要性，是否能舉例並詳述說明？
5. 數位化後，如何加強短影音的內容和功能？讀者接受度如何？

資料來源：作者設計製表

文字禪堂——傳遞人間福報

訪談內容分述如下：

1.《人間福報》數位化後，是否仍持續宣揚創辦人星雲大師人間佛教的核心思想？如何呈現？

答：《人間福報》數位部成立後，不僅在時效上全天候、地域全球化宣揚星雲大師人間佛教的核心思想，更在多元數位平台擴大傳播效果，全球各洲只要有網路，就可觀看大師文章等內容。

例如，運用 LINE 數位平台，每天推播即時新聞，每天早上 10：00 推播星雲大師法語圖卡，是選取過去星雲大師在《人間福報》上發表的文章，簡化重點文字，搭配合適圖片，製作成圖卡，藉由手機傳送出去。此外，LINE 每天下午 6：00 以四格或三格型態推播當日即時新聞，其中第一格是星雲大師所寫的文章，如同紙本型態每天達到傳播星雲大師的人間佛教理念。此作法和內容同步在當日臉書、IG、微信等平台發布，以達到在不同類型數位平台中傳播。讓佛法隨著科技發展，《人間福報》仍持續傳播人間佛教的核心價值。

第參章 《人間福報》組織運作

2. 數位轉型後，記者和數位編輯的消息來源如何取得？與紙本是否有差異性？其相同點和差異點為何？

答：數位轉型後，強調時效與多元性，所以，記者平常除了在採訪轄區布線，廣結人脈，以取得消息來源，然後進行採訪，採取隨採隨發模式，爭取時效性，且不受字數、照片張數及截稿時間限制，重點是即時發布訊息，讓閱聽眾第一時間能在福報網站看到新聞，至於數位編輯更要隨時緊盯與福報合作的《聯合報》、中央社，以及美聯社、法新社、路透等國際媒體最新訊息，然後改寫成《人間福報》角度的新聞，經過審稿後，馬上發布即時新聞。

反觀紙本新聞受限於版面及截稿時間，記者及紙本編輯需從當天即時消息來源中，擷取精要，抓大放小，並從眾多即時新聞來源，精雕細琢，沙裡淘金，宛如精品，但當天新聞，隔天才能刊登，易失去時效性，所以，紙本與數位新聞，消息來源可能相同，但處理模式不同，以因應廣大閱聽眾的需求。

3.因應數位轉型，記者和編輯在新聞常規，如人員安排、發稿時間、審稿順序等，是否有所調整？

答：傳統觀看新聞，必須訂閱報紙或打開電視，現在3C產品普及，幾乎是人手一台智慧型手機，閱聽眾也可從手機上隨時隨地瀏覽資訊。記者也轉變成隨採隨發的即時新聞，改變過去先紙本後數位的程序，成為先數位即時後紙本新聞。傳統報紙受限於版面關係，刊登新聞極為有限，所以只能取捨，且需要固定編輯人力，一個蘿蔔一個坑。

此外，更受限於截稿時間，報紙一旦降版印刷，就無法更改錯誤或過時內容。反觀數位新聞，完全沒有版面限制，可以大量放入文字、圖片、表格，全天候都可即時發送，內容更可隨著新聞發展而更新，讓新聞更為深入、活潑。

記者同時一樣學習新的發稿模式，除了每天發數位稿單，隨採隨發，再經過主管及數位編輯的審核機制後，即時發上《人間福

報》官網，此外，還安排值班記者每天晚上關注重要新聞，可以立即報上群組，經過審核後，馬上發稿上網，爭取新聞時效性。如果紙本版面需要這則即時新聞，記者就會按照編輯部要求另外再發稿。

4. 數位轉型後，更加凸顯即時新聞的重要性，是否能舉例並詳述說明？

答：體育賽事是球迷關注焦點，《人間福報》數位新聞可隨著比賽節奏發送、更改，更可將比賽結果即時傳遞給閱聽眾，反觀紙本新聞就得等隔天刊出，在時效上落後一大截，刊登內容也受限於版面大小。

例如，記者採訪國際性棒球賽，比賽前可以發數位即時新聞，告知讀者賽事流程及與賽隊伍實力分析，以及知名球員故事等，帶起比賽熱潮。比賽過程中，如果有逆轉勝、全壘打等震撼人心的局面，更可隨採隨發，讓讀者掌握最新戰況。比賽一結束，記者將結果稿子發出，讓讀者第一時間感受勝利滋味。

記者處理完數位即時新聞，再根據編輯部紙本新聞的要求，將稿子重新整理，依照所需字數、調整時序用語、照片等，發回編輯部，由內勤編輯編排上版面，隔天刊出。

此外，佛光山及佛光會的新聞，更可先透過人間通訊社即時發布，由於佛光山寺院及佛光會組織遍布全球五大洲，縱然遠在千里之外的地區，以及有時差問題，只要由當地人間社義工記者採訪發稿，經過內勤人員審稿後，即可發布在人間社網站，不受時空隔閡影響。

《人間福報》數位部及編輯部隨時可取用人間社網站新聞，依照所需新聞型態內容，經過調整後，也可上數位即時新聞及紙本版面，以不同新聞載體，弘揚人間佛教。

至於其他類的即時新聞，如疫情期間強調蔬食環保議題，由於《人間福報》強調蔬食、環保、愛地球的理念，所以在新冠疫情期間，加強報導特色蔬食餐廳等，以數位即時新聞，支持蔬食店家度過疫情低潮期。

此外，數位部也會隨時關注與大眾息息相關的即時報導，以及更具突發性新聞，例如2024總統大選及立委選舉，開票當天，就以即時新聞報導開票過程及結果，以及當選人介紹及政黨得票比率分析等。

5. 數位化後，如何加強短影音的內容和功能？讀者接受度如何？

答：數位新聞不僅強調快速傳遞，更可將短影音畫面嵌入新聞中，讓一則新聞不僅有文字、照片，還可看影片，讓新聞動起來。

《人間福報》發展影音新聞，從新聞中選擇合適題材，例如星雲大師法語、菜根譚、佛光山及佛光會新聞，乃至於體育賽事等，另由專業人員尋找或錄製合適影片，經過剪輯、配音、上字幕等過程，不僅可生動傳播佛法，讓新聞平台立體化，更能順應潮流，吸引年輕族群讀者，體驗人間佛教真諦。

例如《人間福報20周年改變、守護、深耕》影片，透過3則人物故事，描述出《人間福報》精神及使命，令人感動；2024

文字禪堂——傳遞人間福報

台北燈節佛光山燈區開幕,搭配短影音,讓讀者可以感受開幕熱鬧及燈飾華美氣氛;迎接農曆新年,《人間福報》也製作雲水自在、祥和歡喜,福報賀新春影片,向讀者拜年。再來,頗受歡迎的禪居食堂,除了文字敘述及精美菜餚圖片,數位部還拍攝短影音,教導讀者按照步驟輕鬆學做蔬食美味。

此外,中國山西古寺有一批珍貴的佛教文物,因遭非法分子盜取而飄流海外,經台灣佛教徒多方考證,確認為山西古寺所遺失的宋、明兩代彩塑像,2024 年 3 月 25 日由中華人間佛教聯合總會在北京進行捐贈,讓流失海外的 30 件珍貴文物回歸,這也是近年來台灣佛像文物捐贈規模最大的一次。《人間福報》派出記者隨團採訪,內容除了文字及精采圖片,還嵌入短影音,讓閱聽眾宛如親臨現場觀禮,見證兩岸宗教文化交流盛事。

隨著 AI 技術發達,《人間福報》還運用 AI 主播報導新聞,例如,2024 年 3 月 22 日,《人間福報》AI 主播播報 UBA 大專籃球決賽周末開打,佛光女籃瞄準冠軍戰。透過 AI 主播流利的預報賽事,讓閱聽眾了解賽況,以及佛光女籃等球隊陣容實力,

炒熱女籃決賽熱度。

2024年3月1日,《人間福報》AI主播播報日本職棒巨人軍來襲,沸騰台北大巨蛋,這場賽事吸引眾多球迷關注,主播也回顧台灣球員在日本職棒發展過程。另外,《人間福報》也製作AI小沙彌說星雲大師小故事,透過可愛的吉祥小沙彌,吸引眾多讀者目光,尤其,童眞莊嚴模樣說起佛法道理,格外動聽,也增加趣味性。

小結
有關《人間福報》數位轉型,綜合以上發現:

(1)**數位弘揚人間佛教理念:**
進入數位化後,《人間福報》的傳播理念仍然以傳播人間佛教思想爲核心價值,許多紙本相同的內容,轉變數位形式發稿,只是工具轉化,消息來源等大多相同。

(2)**記者發稿時間模式轉變:**

因應數位化,因此記者發稿時間、編輯整併稿,到主管審核的整體作業時間,都有很大的轉變,過去記者只要在報社截止時間發稿,但現在可說是隨時隨地都能發稿,發稿時間及作業模式變得更加靈活。

(3)即時性強的新聞被凸顯:
理念不變,作業模式調整,新聞的即時性更加凸顯,也符合了現代人追求快速的需求,這對傳統紙媒的《人間福報》而言,首先打破思想觀念,落實在人力調度,拉長上班的循環時間,同時搭配平台的創新建設,才能完整呈現即時新聞的快節奏。

(4)短影音新聞製作是趨勢:
短影音新聞是濃縮型新聞,在影音和新聞交疊中,以最短時間呈現新聞精華,雖然《人間福報》不以此見長,但並沒有因此而放棄,從許多 AI 新技術面,如以 AI 主播代替真人,填補人力不足,找到突破窗口。

第參章 《人間福報》組織運作

二、採訪消息來源

（一）與理念認同的《聯合報》合作

　　《聯合報》創辦人王惕吾以正派辦報為理念，報社對新聞要求嚴謹，例如，記者首重操守，希望不受外界名利誘惑，秉持公平客觀角度，報導新聞，如有違規情況，就會被懲處。另外，也重視記者專業素養，除了積極培訓外，也會定期考核，跑新聞期間，嚴禁抄襲其他同業新聞，也要求記者務必到現場採訪，並實地拍照，務求新聞內容及照片、影片都是記者自己採訪的，藉此磨練專業技能。記者寫好了新聞傳回報社，由主管及內勤編輯同仁層層核稿把關，直到印刷出報前，都可修改、更正，所以新聞品質受到業界肯定。

　　妙熙法師在〈醞釀半世紀創辦一念間〉文中指出：1999年10月之後，大師與相關人員緊鑼密鼓開始籌備，並指派依空法師擔任社長，採取與友報合作的模式辦報，可省下許多額外開支，達到雙贏。當時台灣有許多媒體可做選擇，最後大師親自拍板選擇了由王惕吾先生創辦，以「正派辦報」為宗旨的《聯合報》。

為求慎重，《聯合報》召開過幾次內部協調會，始終未定案，延宕多時，一次會議中有人說：「只要佛光山要做，星雲大師要做，有何不可！」大家才吃了定心丸，達成共識，表示全力配合。曾經有人問過大師，台灣這麼多報業，為何選擇《聯合報》？大師說：「除了正派辦報的理念外，我也相當景仰王惕吾先生的風範，《聯合報》的遣詞用句雋永有力，值得一讀再讀。」到目前為止，《人間福報》與《聯合報》兩報之間的合約，不用繁文縟節，而是以誠信為重，相互尊重，各自發展。

　　《人間福報》與《聯合報》合作內容包括新聞編務、印刷、派報等。其中，《人間福報》編輯部可使用《聯合報》編採系統，並從系統裡面擷取所需的新聞，這些新聞都是《聯合報》記者所採訪撰寫，另依照《人間福報》宗旨及精神，經過編輯部同仁改寫，刪除羶色腥等不宜內容，並補充被忽略的真善美精神，再經過層層核稿把關，去蕪存菁，成為對福報讀者有意義的新聞，藉此節省採訪人力，並達到高品質要求。《人間福報》取用《聯合報》的新聞內容及照片，大都用在政治、地方、國際、教育、文化、宗教、體育、奇人妙事等新聞版面。

（二）採用人間通訊社全球佛光新聞

人間通訊社（The Life News Agency，簡稱人間社），由佛光山於 2001 年設立，當時以簡化的訊息收發平台，建構通訊新聞網雛型。2006 年起，人間社轉型為統一供稿窗口，不僅收發全球佛光人活動訊息，更積極製作大型活動專輯、舉辦記者發布會、編輯佛光山與佛陀紀念館等刊物，承擔佛光山對外文宣工作，建構各媒體聯絡網，並全面 e 化，設立「撰稿系統」與網頁，俾利訊息傳播。2012 年底正式立案，成為佛教創設第一個新聞通訊社，不僅總匯國內外佛教新聞資訊，更肩負起弘揚人間真善美的國際傳播角色。

秉持創辦人星雲大師人文關懷、淑世化人的理念，人間社報導佛教界以及各宗教的新聞資訊，並傳播國內外藝術文化、教育人文、生活休閒、科學新知、慈善公益等訊息，讓閱聽大眾得以透過網路平台，與真善美的新聞相會，增添心靈能量。

星雲大師說：「世界上每個人、每個團體，甚至是每個國家，若要全部都能達到真善美，又談何容易？因此希望人間通訊社能

文字禪堂──傳遞人間福報

多報導社會善美的好事,多歌頌人間善美的訊息,以提升人性真善美的一面。」

　　為落實星雲大師「廣作文宣」弘願,人間社召募各行各業人士,以及分布全球各地的佛光會員,擔任義工記者團隊,並由《人間福報》定期培訓,培養專業知能,只要五大洲道場、佛光會舉辦活動,或是發現與福報精神相符的人事物,五大洲義工記者都可發稿,再經過人間社內勤同仁審稿,立即上線,讓全球閱聽眾都可看到人間社新聞,期許義工記者「文字有力量,下筆有分寸」。《人間福報》編輯部及數位部編輯可透過人間通訊社網頁後台直接取用所需稿子,經過內勤核稿修改時序、用詞,補足所需字數,即可成為即時新聞及紙本內容,紙本且大都用在覺世、宗教、文化、教育、體育等版面,且兩者互通有無,達到新聞互補功能,以及弘法服務的宗旨。

(三) 選用外電、中央社、新華社等

　　《人間福報》重視全球新聞,因此開設國際新聞版面,並以簽約付費方式合法取用世界三大通訊社的新聞及照片,包括美聯

社、法新社及路透等。另外,中國大陸新聞訊息也是報導重點,常會參考新華社新聞。

這幾家國際通訊社,歷史悠久,是全世界各主流媒體所採用的新聞來源。美聯社成立於1846年,已經有177年歷史,號稱全球最大的新聞採訪機構,每天供應新聞、影片、圖表、廣播新聞、電視新聞等,屬於非營利性會員制新聞合作社,所有權屬於1500家美國的會員報紙,在美國的服務對象包括5000家電視台或電台,此外,在海外百餘國還有8500家媒體訂戶,美聯社新聞有5種語言版本,包括英文、德文、荷蘭文、法文及西班牙文等,許多國際訂戶會將美聯社新聞翻譯成多種語文,以利傳播使用。

法新社上承1835年成立的哈瓦斯通訊社(Agence Havas),是在巴黎創立的世界第一所通訊社,隨時代變遷,名稱從哈瓦斯通訊社到法蘭西新聞局、法新社,歷史最為悠久,同時在三大通訊社中最具國家色彩,因此獲得國家財政支援,背負著發揚法語責任,不過還能維持新聞獨立的特性。近兩世紀來,歷盡滄桑,有

黯淡，也有光榮，但始終堅持新聞的獨立自由精神，捍衛公平、正義、真理的普世價值。

路透成立於1851年，是位列世界前三的多媒體新聞通訊社，集新聞資訊、財經服務、投資管理於一身的大型跨國集團，擁有近2萬名員工，提供各類新聞和金融數據，在128個國家運行。路透提供新聞報導給報刊、電視台等各式媒體，向來以迅速、準確享譽國際。路透於1941年改組，並成立「路透社信託基金（Reuters Trust）」，任命獨立的信託人，以維持路透的獨立性與中立性。

中央通訊社創立於1924年4月1日，原是中國國民黨宣傳部所籌畫組成，為黨的宣傳機構。1973年成立股份有限公司，1996年7月以具獨立精神的財團法人運作，成為台灣少數公共媒體。 其在新聞政策上，強調專業化、公共化與台灣觀點、國際視野，其資訊整合成為台灣各媒體引用的中介。 中央通訊社是台灣最大通訊社，新聞訊息量大又廣，幾乎台灣媒體多會採用，《人間福報》也與其合作，並選用新聞，大多用於國際、政治、地方、

生活采風等。

　　新華通訊社是中國大陸主要的國家通訊社,簡稱新華社,被列為國務院正部級直屬事業單位,該社發布的一些內部規範,也在中國新聞界有主導作用。新華社還提供即時新聞,包括經濟訊息、新聞圖片、圖表等服務。《人間福報》多採用於人文、歷史、人物報導方面。

　　《人間福報》編輯依據各版面屬性,採用三大通訊社、中央社及新華社等媒體的新聞及照片,例如奇人妙事,編輯必須上網到各通訊社網站搜尋,如果發現內容屬於奇妙、罕見、獨特等新聞屬性,經過編譯後,再改寫內容,以符合時序、中文用詞、成語等,讓整篇新聞更有趣味及教育意涵。其他類新聞,也會經過編輯部嚴格選材,以及編譯、核稿、編輯流程,其新聞及照片除了用在國際新聞版面外,也會使用於教育、文化、宗教、體育等版面。

（四）依社內記者採訪路線分布取得

《人間福報》特色新聞在宗教、文化、教育、醫藥、體育等面向，因此《人間福報》在此方面都有專屬記者在跑線。《人間福報》雖與《聯合報》合作，以及付費取用外電及照片，但為維持主體性，仍配置多名記者，例如宗教線記者派駐在北部，負責採訪北部、佛光會及其他宗教新聞，除了宗教新聞，也負責文化新聞，負責文化部及各文化場館展覽活動及藝術人文等採訪工作，此外，高雄有派駐記者，負責佛光山在地新聞，以及高雄地方新聞。

中區設有採訪主任派駐嘉義、以及派駐彰化記者，深耕地方，平時採訪地方宗教、教育、文化、藝術人文等新聞，如有需要，也會支援佛光山及佛光會新聞。《人間福報》重視醫藥新聞，因此有醫藥線記者，負責衛福部、醫院等新聞採訪，平時除了每日提供即時新聞，並預發醫藥養生版稿子，盼能提供讀者身心靈健康的正確資訊。

此外，體育新聞也是《人間福報》的重點路線，因為佛光山重視體育弘法，所以除了積極報導佛光體系校隊活動賽事，也關注

佛光盃、HBL、UBA 等國內大型球賽及職業球賽賽況，甚至國外的著名賽事，包括奧運、NBA、MLB 等都是報導焦點。《人間福報》記者路線分布，參見圖 4-5：

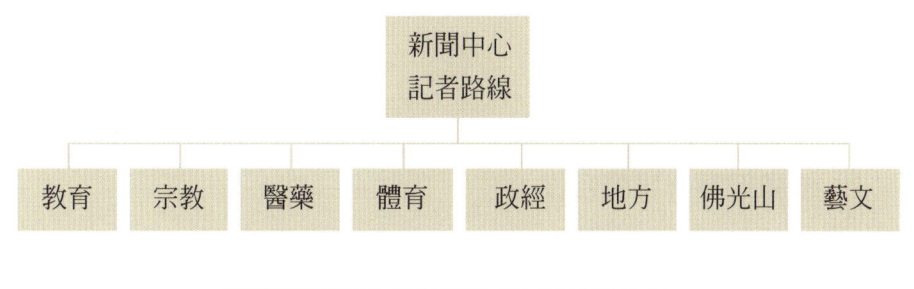

```
           新聞中心
           記者路線
┌────┬────┬────┬────┬────┬────┬────┬────┐
教育  宗教  醫藥  體育  政經  地方  佛光山 藝文
```

圖 4-5　《人間福報》記者路線分布

（五）主動邀稿、接受投稿與轉載

第三種消息來源，包括讀者投稿，經過編輯、核稿審核後刊登，或是主編針對版面特性及題目，主動邀稿，對象包括作家、專家學者、網紅、部落客等，由他們定期供稿刊登。此外，《人間福報》基於大眾利益與福祉，在符合報社宗旨前提下，也會接受政府單位或宗教、公益、環保、蔬食、醫療等團體機構供稿刊登。基於自媒體興起及社群網路發達，在不侵權的情況下，也會轉載臉書、IG、推特、YouTube 等平台的好文章、影片、照片。

文字禪堂──傳遞人間福報

小結

　　《人間福報》的資訊來源，從各類訊息中篩選，採訪符合報社宗旨的新聞，以真善美角度撰稿，提供讀者有益身心靈內容，達到淨化社會風氣。綜合上述分析，歸納出《人間福報》消息來源框架：

（1）價值觀契合媒體合作：

《人間福報》強調真善美新聞，秉持公平與正義的理念，與許多媒體的價值觀契合，因此與這些媒體簽約合作，直接取用媒體新聞資訊，包括中央社、聯合報、路透、美聯社、法新社、新華社等。《人間福報》依照報社宗旨，取用簽約媒體的新聞，並經過內勤編輯、核稿、主管層層把關，修改錯別字、成語，或將外媒新聞翻譯成中文等，並依報社所需的角度下標題，最後成為適合福報讀者閱讀的新聞。

（2）取材佛光山體系新聞：

佛光山體系新聞框架除了《人間福報》，另有人間通訊社，其旗下的義工記者遍布五大洲，由國際佛光會在各地的會員，經過培

第參章 《人間福報》組織運作

訓後，成為義工記者，只要當地有佛光體系新聞，就由他們就地採訪、發稿，並經過台灣總社內勤線上核稿後，立即上架，不受跨國時差及地域影響。人間通訊社的佛光體系新聞上架後，《人間福報》馬上能取用，無論是在報紙上，還是數位新聞，都能即時處理，讓全球各地讀者都能獲得最新的新聞資訊。

（3）接受外部邀稿和供稿：
《人間福報》長期以來邀請理念相同的作家、專家學者、老師、學生等人供稿，例如社論主筆群。靜態版方面，例如生命書寫、趨勢最前線、全球視野、兩岸亮點人物、縱橫古今、好書花園、閱讀咖啡館、家庭版、創意綠生活等版面，定期向專家學者、出版作家邀稿，提供國際新知、人生觀、文史知識、家庭倫理、綠生活等文章。針對青少年需求，《人間福報》也有趣味多腦河、青春UP、少年天地等版面，由專家提供科普新知，也有老師、學生、家長投稿，讓他們在媒體發表文章，帶動校園閱讀風氣。

（4）因內部需求自產新聞：
《人間福報》除了與理念契合媒體簽約取稿外，也有多名記者負

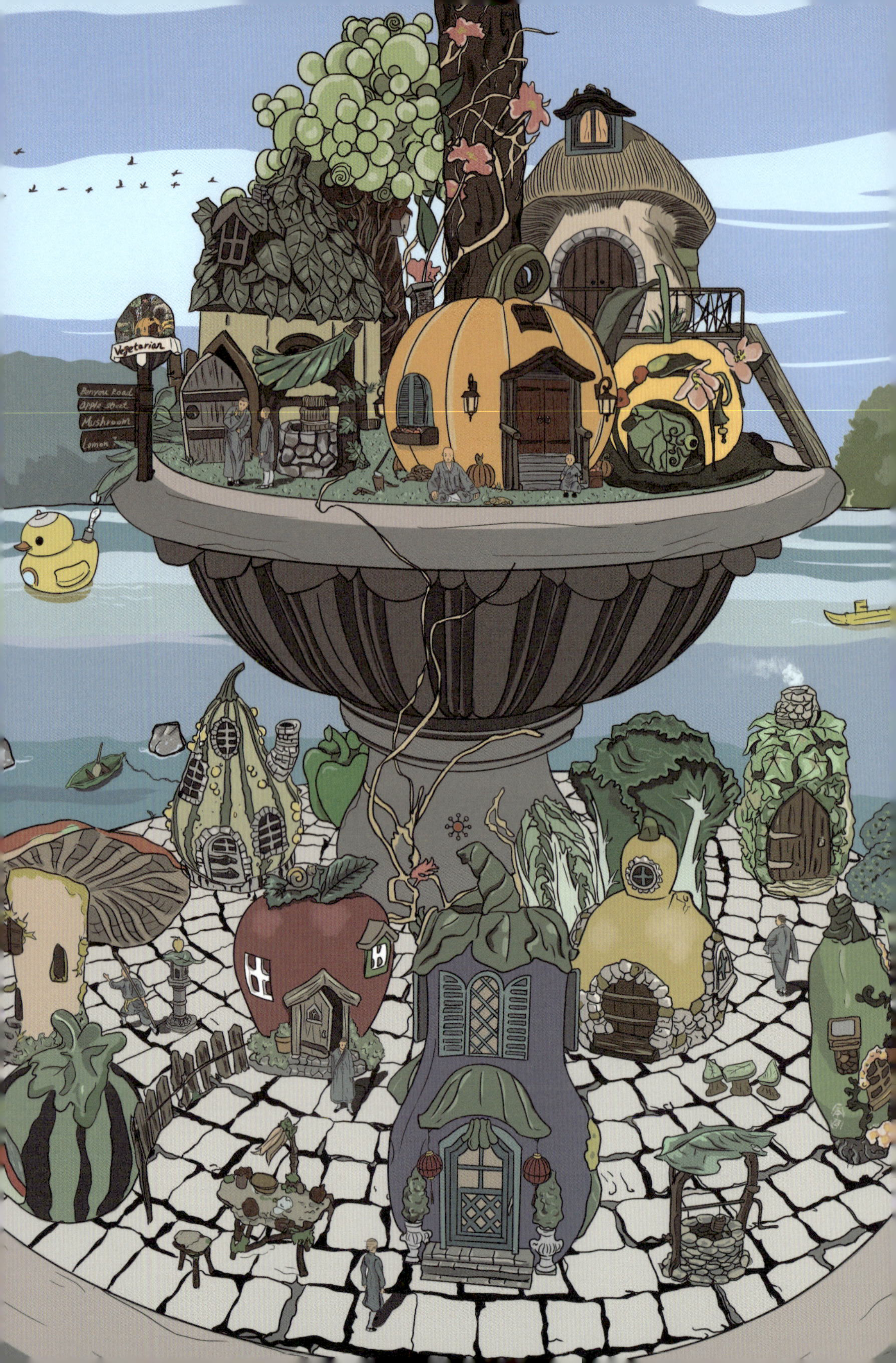
Vegetarian
Bonyou Road
Apple street
Mushroom
Lemon

第參章 《人間福報》組織運作

責採訪報社內部需求的新聞，例如藝文線記者負責文化政策、藝文場館採訪，也要採訪宗教線新聞，包括佛光山、佛光會等新聞。醫藥線記者負責採訪衛福部、醫院醫療、養生類稿子等。體育記者採訪重大體育賽事，能發揮專業能力。此外，彰化、嘉義、高雄都有派駐地方記者，負責地方藝文、教育、宗教等新聞，也隨時能支援佛光山、佛光會在各地活動採訪，深耕地方，挖掘出在地特色新聞。

《人間福報》倡導蔬食、環保、愛地球，因此也有「蔬福生活」、「蔬食園地」等版面，這是其他媒體所沒有的獨特版面，專門介紹蔬食菜餚口味及烹調祕訣，以及坊間的蔬食餐廳特色等，由專責記者、編輯負責規畫、採訪，成為福報一大特色。

◀《人間福報》長年推動蔬食·環保·愛地球，報導健康蔬食相關新聞，並舉辦國際蔬食博覽會等，圖為 2022 年蔬食展主題蔬食世界插畫。　　圖／本有法師

第肆章

《人間福報》的經營,不僅要具備出世願心,
更需要實際運作公司組織的經驗和理論支撐,
以建立公司健全的組織制度,
既符合佛教傳統又能對應時代發展,
方能讓事業體徹底入世,永續營運。

結論

星雲大師創辦《人間福報》的主要目的是為了宣揚和倡導人間佛教思想，體現其核心理想與深遠意義。大師在大陸佛學院求學階段，即受到當時人間佛教新思潮啟發，再藉由他的文字創作背景，和以文字做為弘法利器的鋪陳，更明白星雲大師為何走上辦報的前因。直到西元 2000 年創辦《人間福報》，因人間佛教而有的人物、活動、寺院、道場、事件、思想、理念闡述等獲得更大的發揮與實現。然而，過程中有別於其他一般媒體，《人間福報》創辦之初就帶有人間佛教框架去選擇報導內容傳遞給世人，也注定了《人間福報》的與眾不同。

第肆章 結論

第一節 人間福報專業的要求

《人間福報》如何框架人間佛教的思想達到傳播目的：

一、從組織文化框架，研究創辦人立下的新聞素養，展現出人間佛教特質是什麼？
二、從個人認知框架，研究報社的工作者是否認同組織文化？如何在工作中發揮？
三、從新聞文本框架，研究報紙版面在主題類目分類下，如何彰顯人間佛教特色？
四、從消息來源框架，研究選擇消息來源標準和報社共同建構人間佛教理念新聞。

為解答此一問題，從本文第二章、第三章開始，鋪陳星雲大師的人間佛教思想脈絡、《人間福報》創辦背景分析，並在第四章及《人間福報》建構人間佛教框架分析中，更細緻聚焦討論發現，在星雲大師人間佛教思想下，形塑出三好（做好事、說好話、存

好心)、四給(給人信心、給人歡喜、給人希望、給人方便)等組織文化,進而影響以「弘法服務」為主的新聞人素養。就組織宗旨、精神、性格、目標四類,分析出屬於《人間福報》的四個「組織文化框架」:

(1) **弘法服務宗旨**
(2) **法制領導精神**
(3) **歡喜融和性格**
(4) **媒體淨土目標**

在個人認知框架方面,有不同信仰的員工在理念認同下,進入職場服務,也有人因為報紙內容的價值觀和其他媒體不同,選擇離開,然而也有先在其他媒體服務,學佛後選擇進入價值觀相同的《人間福報》,報社主要成員如法師和幹部基本上都具備理念認同。最後分析出屬於《人間福報》的4個「個人認知框架」:
(1) **認同三好理念**
(2) **新聞要真善美**
(3) **信服長官政策**

第肆章 結論

（4）創造自我價值

在報紙的主題類目中，就有一般性新聞分類，如國際、政治、地方等，報導內容和方向在三好、四給的組織文化影響下，不涉及主觀傾向和氾濫口水戰，以報導具體事跡和影響為主。更多的特色在於符合佛光山人間佛教事業發展而創設相關的欄目和版面，讓這類主題有相當大的發揮、延伸空間，達到充分宣傳效果。最後分析出《人間福報》的14個「新聞文本框架」：

（1）星雲大師文章
（2）奇人妙事趣味
（3）三好感人新聞
（4）佛光事業體系
（5）生命書寫心靈
（6）新聞客觀公正
（7）社論建構正義
（8）具國際觀前瞻
（9）運動弘法報導
（10）讀報教育科普

（11）文學歷史素養

（12）創意生活綠能

（13）吃蔬食愛地球

（14）佛教理念廣告

　　《人間福報》不報導也不太涉獵的有：（1）政治議題：尤其是具有意識形態的政治性引導報導。（2）金融管理：如金融貨幣、證券期貨、股票行情等報導。（3）影視娛樂：不追蹤影視歌等明星動態，尤其八卦羶色腥等絕不碰觸。（4）社會新聞：如各種犯罪、自殺、災難、車禍、負債、意外傷害等，影響人心的負面消息。（5）風水命理：如算命、占卜個人命運，或以神通等預言社會流年運勢，國家局勢等。（6）外道邪教：不被認同之宗教或團體，如法輪功、藏傳祕法、新興宗教、濟公活佛等，會讓人產生邪知邪見邪命等迷信外道。（7）爭議議題：安樂死、同性戀、墮胎等具爭議性議題，尚未取得社會大眾共識者。（8）葷食料理：佛教鼓勵蔬食，愛護動物，因此任何葷食相關新聞都不報導。（9）失格運動：負面的體育新聞，如打假球、簽賭、不當的教練或選手行為等。（10）奢侈消費：舉凡名牌精品、

高檔美食及旅遊行程介紹，具有鼓吹奢侈及炫耀型消費之報導。
（11）犯戒廣告：佛教講五戒，不殺盜淫妄酒，若有觸及以上戒條之廣告商品或賭博等行為，皆不允許刊登。

新聞來源方面，選擇具有相同價值觀的媒體合作，選取新聞內容，做為參考。記者所採訪的路線方向，也在報社理念下的範疇進行，回傳稿件時也會在社內機制下審核檢視。

近幾年，《人間福報》進行數位轉型，發現新聞發布的平台日益更新外，組織內的工作人員，仍然秉持組織文化，認同傳播人間佛教思想理念，更大的不同在於強調即時新聞後，工作型態模式有很大調整與轉變，甚至加入更多社會元素，如體育、蔬食、環保等類型的新聞。最後分析出《人間福報》的4個「消息來源框架」：

（1）價值觀契合媒體合作
（2）取材佛光山體系新聞
（3）接受外部邀稿和供稿

（4）因內部需求自產新聞

《人間福報》的主要價值理念如下：
一、堅持星雲大師提倡的人間佛教特點與時代意涵。
二、堅持《人間福報》傳播人間真善美的重要使命。
三、堅持《人間福報》在宗教傳播的獨特發展道路。

第二節 弘揚人間佛教的大願

對於《人間福報》，有以下心願和努力的方向：

（一）《人間福報》著重在傳播人間佛教理念，公司內部組織系統和新聞文本特色必須遵循這項最高的理念。對於一份傳播人間佛教理念的報紙，累積社會不同層面的讀者群，讓他們受到人間佛教潛移默化影響，希望對他們的人生或思想觀念產生正面的影響。

（二）由佛教所創辦的《人間福報》，除了內容具有特殊性，更有其獨特的經營與發行模式，如以佛教焰口法會來推廣訂單，並在校園推廣讀報教育、舉辦蔬食文化節等，都有別於其他報紙，擁有自成一格的發展模式。希望能持續推廣到全世界，已達到創辦人星雲大師的理想「人間有福報，福報滿人間」的媒體淨土。

（三）作為佛教創辦，目前唯一的《人間福報》，是由宗教家懷著弘揚佛法，淑世利人的願心，所成立的佛教文化事業。是從出世到入世，出世情懷多過入世經驗，在事業社會化後，不僅僅要具備出世願心，更需要實際運作公司組織的經驗和理論支撐，甚至建立公司健全的組織制度，既符合佛教傳統又能對應時代發展，方能讓《人間福報》事業體徹底入世，永續營運。

參考文獻

一、期刊論文

太虛大師:〈對於中國佛教革命僧的訓詞〉,《海潮音》卷 9,4 期。

中國佛教會:〈大陸淪陷前佛教之概況〉,《人生》第 3 卷 5 期(1951 年 6 月),頁 12。

左丹丹:〈從《覺世旬刊》看星雲大師的宗教革新理念〉,《2016 星雲大師人間佛教理論實踐研究》(2017 年 10 月),頁 162-184。

沈孟湄:〈從宗教與媒體的互動檢視台灣宗教傳播之發展〉,《新聞學研究》117 期,(2013 年 10 月),頁 199。

吳振漢:〈明代《邸報》的政治功能與史料價值〉,《中央大學人文學報》(2003 年 12 月 28 期)。

星雲大師:〈發刊緣起〉,《人間佛教學報、藝文雙月刊》第 1 期(2016 年 1 月),頁 II。

陳兵:〈正法重輝的曙光—星雲大師的人間佛教思想〉,《人間佛教學術研討會論文集》(2001 年 1 月),頁 49。

劉蕙苓:〈探索新聞記者框架建構過程:以文創產業報導為例〉,《中華傳播學刊》第 41 期(2022 年 6 月),頁 166-169。

賴文祥:〈外籍配偶之報紙形象研究〉,《南華大學網路社會學通訊期刊》(2008 年 11 月 15 日)。

藍麗春、邱重銘:〈文化的定義、要素與特徵〉,《國立台中技術學院通識教育學報》第 2 期(2008 年 12 月),頁 117-128。

闞正宗:〈日本殖民時期臺灣的佛教期刊—羅妙吉與《亞光新報》兼論林秋梧的左翼《赤道》報〉,《佛教期刊發展研討會》(2012 年 10 月),頁 2-2、2-11、2-12、2-14。

闞正宗：〈人間佛教先行者─慈航法師的海外弘法(1930-1948)〉,《玄奘佛學研究》(2019 年 9 月),頁 33-66。

二、論著

(一) 星雲大師著作 (按出版時間排序)
《星雲大師講演集》(一),高雄：佛光出版社,1979 年。
《星雲大師講演集》(二),高雄：佛光出版社,1982 年。
《星雲大師講演集》(四),高雄：佛光出版社,1991 年。
《佛教叢書》,高雄：佛光出版社,1998 年。
《佛光教科書》,高雄：佛光出版社,1999 年。
《人間佛教叢書》,台北：香海文化,2006 年。
《人間佛教叢書,人間佛教戒定慧》1 冊,台北：香海文化,2007 年。
《人間佛教叢書・人間佛教論文集》2 冊,台北：香海文化,2008 年。
《人間佛教叢書・人間佛教語錄》3 冊,台北：香海文化,2008 年。
《人間佛教叢書・人間佛教當代問題座談會》3 冊,台北：香海文化,2008 年。
《人間佛教叢書・人間佛教書信選》2 冊,台北：香海文化,2008 年。
《人間佛教叢書・人間佛教序文選》2 冊,台北：香海文化,2008 年。
《人間佛教何處尋》,台北：天下遠見出版股份有限公司,2012 年。
《人間佛教法要》,台北：國際佛光會世界總會,2012 年。
《人間佛教的發展》,台北：佛光出版社,2013 年 8 月。
《人間佛教佛陀本懷》,高雄：佛光出版社,2016 年。
《星雲大師全集・第一類經義／成就的秘訣金剛經》,高雄：佛光出版社,2017 年。
《談淨土法門》,收入《星雲大師全集・第一類經義》,高雄：佛光出版社,2017 年。
《佛法真義 1》,收入《星雲大師全集・第一類經義》,高雄：佛光出版社,2017 年。

《佛法真義 2》，收入《星雲大師全集·第一類經義》，高雄：佛光出版社，2017 年。
《佛法真義 3》，收入編《星雲大師全集·第一類經義》，高雄：佛光出版社，2017 年。
《教管理學 3》，收入《星雲大師全集·第一類經義》，高雄：佛光出版社，2017 年。
《人間佛教佛陀本懷》，收入《星雲大師全集·第二類人間佛教論叢》，高雄：佛光出版社，2017 年。
《人間系列 1》，收入《星雲大師全集·第二類人間佛教論叢》，高雄：佛光 出版社，2017 年。
《人間系列 2》，收入《星雲大師全集·第二類人間佛教論叢》，高雄：佛光出版社，2017 年。
《人間佛教的戒定慧》，收入《星雲大師全集·第二類人間佛教論叢》，高雄：佛光出版社，2017 年。
《人間佛教語錄 3》，收入《星雲大師全集·第二類人間佛教論叢》，高雄：佛光出版社，2017 年。
《人間佛教當代問題座談會 4》，收入《星雲大師全集·第二類人間佛教論叢》，高雄：佛光出版社，2017 年。
《往事百語 1》，收入《星雲大師全集·第三類教科書》，高雄：佛光出版社，2017 年。
《往事百語 3》，收入《星雲大師全集·第三類教科書》，高雄：佛光出版社，2017 年。
《往事百語 4》，收入《星雲大師全集·第三類教科書》，高雄：佛光出版社，2017 年。
《佛教叢書 20》，收入《星雲大師全集·第三類教科書》，高雄：佛光出版社，2017 年。
《佛教叢書 22》，收入《星雲大師全集·第三類教科書》，高雄：佛光出版社，2017 年。
《佛教叢書 27》，收入編《星雲大師全集·第三類教科書》，高雄：佛光出版社，2017 年。
《佛光教科書 11》，收入《星雲大師全集·第三類教科書》，高雄：佛光出版社，

2017年。
《隨堂開示錄 14》,收入《星雲大師全集・第四類講演集》,高雄:佛光出版社,
　　2017年。
《隨堂開示錄 18》,收入《星雲大師全集・第四類講演集》,高雄:佛光出版社,
　　2017年。
《人間與實踐》,收入《星雲大師全集・第四類講演集》,高雄:佛光出版社,
　　2017年。
《合掌人生 2》,收入《星雲大師全集・第五類文叢》,高雄:佛光出版社,2017年。
《雲水樓拾語》,收入《星雲大師全集・第五類文叢》,高雄:佛光出版社,2017年。
《覺世論叢》,收入《星雲大師全集・第五類文叢》,高雄:佛光出版社,2017年。
《如是說 1》,收入《星雲大師全集・第五類文叢》,高雄:佛光出版社,2017年。
《星雲智慧 2》,收入《星雲大師全集・第五類文叢》,高雄:佛光出版社,2017年。
《星雲智慧 9》,收入《星雲大師全集・第五類文叢》,高雄:佛光出版社,2017年。
《迷悟之間 4》,收入《星雲大師全集・第五類文叢》,高雄:佛光出版社,2017年。
《星雲法語 4》,收入《星雲大師全集・第五類文叢》,高雄:佛光出版社,2017年。
《年譜 1》,收入《星雲大師全集・第六類傳記》,高雄:佛光出版社,2017年。
《年譜 4》,收入《星雲大師全集・第六類傳記》,高雄:佛光出版社 2017年。
《貧僧有話要說 1》,收入《星雲大師全集・第六類傳記》,高雄:佛光出版社,
　　2017年。
《貧僧有話要說 2》,收入《星雲大師全集・第六類傳記》,高雄:佛光出版社,
　　2017年。
《雲水日月 1》,收入《星雲大師全集・第六類傳記》,高雄:佛光出版社,2017年。
《雲水日月 2》,收入《星雲大師全集・第六類傳記》,高雄:佛光出版社,2017年。
《百年佛緣 3》,收入《星雲大師全集・第六類傳記》,高雄:佛光出版社,2017年。
《百年佛緣 5》,收入《星雲大師全集・第六類傳記》,高雄:佛光出版社,2017年。

《百年佛緣 6》，收入《星雲大師全集·第六類傳記》，高雄：佛光出版社，2017 年。
《百年佛緣 7》，收入《星雲大師全集·第六類傳記》，高雄：佛光出版社，2017 年。
《星雲日記 1》，收入《星雲大師全集·第八類日記》，高雄：佛光出版社，2017 年。
《星雲日記 15》，收入《星雲大師全集·第八類日記》，高雄：佛光出版社，2017 年。
《佛光山新春告白 1》，收入《星雲大師全集·第九類佛光山系列》，高雄：佛光出版社，2017 年。
《佛光山新春告白 2》，收入《星雲大師全集·第九類佛光山系列》，高雄：佛光出版社，2017 年。
《佛光山清規 1》，收入《星雲大師全集·第九類佛光山系列》，高雄：佛光出版社，2017 年。
《星雲模式的人間佛教 2》，收入《星雲大師全集·第十二類附錄》，高雄：佛光出版社，2017 年。
星雲大師監修、慈怡法師主編：《佛光大辭典》，高雄：佛光出版社，1988 年。
星雲大師等著：《改變·守護·深耕 人間福報 20 年》，台北：福報文化，2020 年。
趙無任：《慈悲思路·兩岸出路──台灣選舉系列評論》，台北：遠見天下，2015 年。

(二) 專書

Arthur Asa Berger 著，黃光玉、劉念夏、陳清文譯：《媒介與傳播研究方法質化與量化研究 途徑》，新北：風雲論壇有限公司，2004 年，頁 122-123。
Earl Babbie 著，李美華、孔祥明、李明寰、林嘉娟、王婷玉、李承宇譯：《社會科學研究方法》下冊，台北：時英出版社，2004 年，頁 493。
W.LawrenceNeumana 著，朱柔若譯：《社會研究方法：質化與量化取向》，新北市：楊智文化事業股份有限公司，2000 年，頁 175。
李瞻：《世界新聞史》，台北：三民書局，1966 年，頁 423。

李萬來總策畫：《全球新聞神經大透視》，台北：中央通訊社，2004 年。
妙熙法師等編輯群：《新聞詞彙，你用對了嗎？》，台北：福報文化，2022 年。
卓南生：《中國近代報業發展史》，新北：正中書局股份有限公司，1998 年。
袁方編：《社會研究方法》，台北：五南圖書出版社，2002 年。
符芝瑛：《雲水日月─星雲大師傳》，台北：天下遠見，2006 年。
張裕亮：《變遷中的中國大陸報業制度圖像》，台北：晶典文化事業出版社，2006 年。
彭家發：《新聞客觀性原理》，台北：三民書局，1994 年。
慈怡法師主編：《佛光大辭典》第 1、3、6 冊，高雄：佛光出版社，1988 年。
臧國仁：《新聞媒體與消息來源─媒介框架與真實建構之論述》，台北：三民書局，1999 年。
實藤惠秀：〈中國人承認來自日語的現代漢語辭彙一覽表〉，收錄於：譚汝謙、林啟彥譯，《中國人留學日本史》，台中：三聯書局，1983 年。
釋妙蘊編著：《奇人妙事》，台北：福報文化，2005 年 8 月。

三、學位論文

王彥：《媒介框架理論的前世、今生與未來：華人傳播學術社群的追古溯今》（台北：國立政治大學傳播學院博士論文，2021 年）。
朱婉萍：《運用人間福報實施品格教育之行動研究─以負責、關懷、感恩為例》（新竹：中華大學科技管理學碩士論文，2016 年）。
沈惠娜：《論臺灣報業之人間福報現象》（福建：福建師範大學傳播學碩士論文，（2010 年）。
林朝夫：《縣市政府教育局組織文化與組織效能關係之研究》（台北：國立臺灣師範大學教育學系博士論文，2000 年），頁 31-33。

林淑妙：《人間福報刊載生死議題之探究—以「生命書寫」版為例》（宜蘭：佛光大學佛教學系碩士論文，2015 年）。
陳定蔚：《佛教媒體定位策略之研究—以慈濟月刊及佛光山人間福報為例》（台北：中國文化大學新聞暨傳播學院新聞學系碩士論文，2015 年）。
陳燕堃：《宗教心靈改造對受刑人矯治成效之研究》—以桃園女子監獄人間福報班為例（苗栗：育達科技大學文化創意設計研究所碩士論文，2018 年）。
郭姵君：《從組織雇員到獨立記者：三位新聞工作者的專業意理形塑與實踐》（台北：臺灣大學社會科學院新聞研究所碩士論文，2001 年）。
張婷華：《人間福報改版之內容分析》（台北：世新大學新聞研究所碩士在職專班碩士論文，2008 年）。
傅雪卿：《台灣佛教報業的世俗化轉型－從覺世旬刊到人間福報》（嘉義：南華大學傳播學系碩士論文，2015 年）。
簡美換：《人間福報讀報行為與三好運動認同研究—以四維高中為例》（宜蘭：佛光大學傳播學系碩士論文，2016 年）。

四、報紙

《人間福報》歷年報紙：創辦人星雲大師，台北：《人間福報社》，2000 年 4 月 1 日至 2023 年 12 月 31 日。
心培：〈對福慧家園的期許〉，《人間福報》第 8 版，2010 年 4 月 4 日。
不著撰人：〈臺北宗教雜關〉，《臺灣日日新報》第 2 版，1906 年 3 月 1 日。
不著撰人：〈雜誌信友發刊〉，《臺灣日日新報》第 3 版，1918 年 9 月 13 日。
星雲大師：〈開發真善美的品德〉，《人間福報》第 16 版，2011 年 3 月 14 日。
星雲大師，〈回顧與前瞻人間福報十二周年慶〉，《人間福報》第 1 版，2012 年 4 月 1 日。

星雲大師，〈人間福報邁入十四年〉，《人間福報》第 1 版，2013 年 4 月 1 日。
星雲大師，〈佛光山未來展望〉，《人間福報》第 4-5 版，2023 年 2 月 14 日。
陳鳴：〈中國近代報業的前導 紀念馬禮遜來華傳道〉《香港：明報月刊》2 月號，
    2008 年 2 月 2 日。
郭書宏：〈百年筆陣寫卓見 深入人間救台灣〉，《人間福報》第 5 版，2011 年 5
    月 16 日。
羅智華：〈人間福報新任社長柴松林 新任總編輯涂明君〉，《人間福報》第 4 版，
    2006 年 7 月 22 日。

五、網站資源

《人間福報》歷史報紙：檢自 https://www.merit-times.com.tw/
    newsepaper/（引用日期：2024 年 6 月 22 日）
《人間福報》讀報教育官網。檢自 https://nie.merit-times.com.tw/index_
    tw.php（引用日期：2024 年 6 月 22 日）
人間佛教讀書會網站：〈認識我們〉。檢自 https://hbreading.org/index.php/
    tw/abouthbreading/knowhbreading（引用日期 2024 年 6 月 22 日）
《中華佛光童官網》：〈中華佛光童軍團簡介〉：檢自 https://www.fgs.org.
    tw/fgs-child/active/scout.htm（引用日期：2024 年 6 月 22 日）
台灣教會公報社官網：〈關於我們〉，檢自 https://home.pctpress.
    org/?page_id=1797（引用日期：2024 年 6 月 22 日）
仁俊法師電子文庫：〈中國佛教史上最長的一份佛教刊物：《海潮音》〉。檢自
    http://renjun.org/sound-of-the-sea-tide.html（引用日期：2024 年 6 月
    22 日）
佛光山全球資訊網：〈文化藝術〉。檢自 https://www.fgs.org.tw/career/

career_culture.aspx（引用日期：2024 年 6 月 22 日）

國家發展委員會檔案管理局，檔案支援教學網：〈徐蚌會戰〉。檢自 https://art.archives.gov.tw/Theme.aspx?MenuID=22（引用日期：2024 年 6 月 22 日）

傳美：〈「就是您啦！」妙開法師直下承擔不負使命〉，人間通訊社，2015 年 8 月 31 日。檢自 https://www.lnanews.com/news/85304（引用日期：2024 年 6 月 22 日）

釋妙開：〈弘法數位、社群化的人間通訊社〉，人間通訊社（2013 年 8 月 19 日）。檢自 https://www.lnanews.com/news/20/71237（引用日期：2024 年 6 月 22 日）

臺灣醒報官網：〈台灣醒報的故事〉。檢自 https://anntw.com/about（引用日期：2024 年 6 月 22 日）

六、英文文獻

Soloski, J.: News reporting and professionalism: Some constraints on the reporting of the news. Media, Culture & Society, 11, 207-228. (1989).

Deuze, M.: What is journalism? Professional identity and ideology of journalists reconsidered. Journalism, 6(4), 442-464 (2005).

Kustermann, A., Ulm, V., Weyland, J., Le, D. H., Klinger, P., Kaiser, G., Pelizaeus, L., Freudenhammer, J., Betz, L., & Nguyen, A.: Facets of journalistic skills: Demand for traditional, digital, and tech skills in news professionals (2022).

Cheetham, G. & Chivers, G. E.: Professions, competence and informal learning. Edward Elgar. (2005).

第肆章 結論

Dickson, T. & Brandon, W.: The gap between educators and professional journalists. Journalism & Mass Communication Educator, 55(3), 50-67. (2000).

Henderson, J. J. & Christ, W. G.: Benchmarking ACEJMC competencies: what it means for assessment. Journalism & Mass Communication Educator, 69(3), 229-242. (2014).

Donsbach, W.: Journalism as the new knowledge profession and consequences for journalism education. Journalism, 15(6), 661-677. (2014).

Appelgren, E. & Gunnar, N.: Data journalism in Sweden: Introducing new methods and genres of journalism into "old" organizations. Digital Journalism, 2(3), 394-405. (2014).

Carpenter, S.: An application of the theory of expertise: Teaching broad and skills knowledge areas to prepare journalists forchange. Journalism & Mass Communication Educator, 64(3), 287-304. (2009).

Guo, L. & Volz, Y.: Toward a new conceptualization of journalistic competency: An analysis of U. S. broadcasting job announcements. Journalism & Mass Communication Educator, 76(1), 91-110. (2021).

Niu, L. K.: Using Fuzzy Logic to Develop a Dynamic Hybrid Model on Core Journalistic Competence Assessment System. iFUZZY 2024.

文字禪堂
—— 傳遞人間福報 ——

作　者	妙熙法師
社　長	妙熙法師
主　編	劉延青
美術設計	馬　力
圖片提供	人間福報、人間通訊社、慧融法師 慧延法師、陳碧雲

出版者	福報文化股份有限公司
發　行	人間福報社股份有限公司

http://www.merit-times.com

地　址	台北市信義區松隆路 327 號 5 樓
電　話	02-87877828
傳　真	02-87871820

newsmaster@merit-times.com.tw

劃撥帳號	19681916
戶　名	福報文化股份有限公司
初版一刷	2025 年 4 月
定　價	新台幣 320 元

ISBN 978-626-97226-3-1（平裝）

◇ 有著作權　請勿翻印 ◇

法律顧問　　舒建中

國家圖書館出版品預行編目 (CIP) 資料

文字禪堂 : 傳遞人間福報 / 妙熙法師著. -- 初版.
-- 臺北市 : 福報文化股份有限公司出版 : 人間福
報社股份有限公司發行, 2025.04
　　面；　公分
ISBN 978-626-97226-3-1(平裝)

1.CST: 人間福報 2.CST: 報業 3.CST: 臺灣

899.33　　　　　　　　　　　　　114002447